KB210519

너와 나 사이

너와 나 사이

김 일 수 제2시집

노 문 사

　사회적 거리두기라는 비상상황 덕분이랄까? 뜻밖에도 그 틈새로 오래 묵은 나의 시편들을 반추해 볼 수 있는 여유를 맛보았다. 꽤나 오래된 시편들을 꺼내 읽고 또 매만지면서 한편으로 아직은 덜 익었다는 생각도 들었다. 시에 기대어 바라보는 눈높이를 맞춘다는 게 나 같은 늦깎이에게는 그리 쉽지 않다는 점을 모르는 바 아니다. 시를 사랑하지만 매번 시와의 간극은 저만큼 거리에서 잘 좁혀지지 않는 게 나의 안타깝고 부끄러운 현실이다.

　하지만 아직 도달하지 못한 시의 빛나는 왕국에 한 발자국 더 가까이 다가서려면 그런 부끄러움도 헤치고 나가야 할 하나의 과정이 아닐까하는 생각이 제2시집 "너와 나 사이"를 펴내도록 나를 이끌었다. 내가 갓 서른을 넘어 독일유학현지에서 언어유치원을 다니던 시절이 문득 생각난다. 넘기 어려웠던 언어장벽이었지만 말도 안 되는 말로 얼굴 두껍게 소통하다보니 귀와 입이 열리기 시작했던 기억이다. 나는 그런 심정으로 지금 시의 문을 두드리는 셈이다.

　모아 두었던 시편들 중에서 얼마를 골라내다보니, 문득 감자밭에서 감자를 거둘 때 감자 한 포기에 매달려있던 크고 작은 감자알들의 인상이 눈앞에 삼삼히 떠오른다. 비록 실하지 못한 감자알일지라도 버릴 수가 없었다.

그 감자알 같은 시편들을 때가 되매 거두어들여, 집 밖으로 떠나보내려니, 시의 향연에 들일 수 있을까 왠지 마음이 쓰인다.

초라한 나의 시편들을 한데 묶어 시집보내는 이 잔치자리에, 기꺼이 함께 해 주셔서 실로 알찬 평설로써 품격과 흥을 북돋아 주시고, 친절히 시의 길을 교시해 주신 존경하는 백 운복 교수님께 마음으로부터 깊은 감사를 드린다. 출판을 맡아 반듯하게 빚느라 수고해주신 노문사 백 성대 대표님께도 감사한다. 강호제현江湖諸賢의 지도 편달을 바라는 마음으로 삼가 여는 글을 맺고자 한다.

2020년 5월 초여름에

김 일 수 삼가

차례

*II*부
화음

Ⅲ부
천마天馬

IV부
기억이라는 병   87

V 부
이름 없는 별   **119**

I 부
너와 나 사이

1. 계곡

독수리 하늘 높이 떠올라
소리 없이 맴돌다 가는 곳
한때 뜨거웠던 생명의 바다에서
화석으로 빚긴 계곡은 고독하다
만년 이끼 낀 절벽 사이로
대지를 흔들던 공룡의 울음소리
귓가에 아련히 들리는 듯
억만년세월 하루같이
긴 목 뽑아 비상을 꿈꾸는
만상의 바위들, 구도자처럼
서서 움쩍도 하지 않으니
아, 다시 언제일까
활활 타오르던 바다가 뿌리 채 뽑혀
우뚝 솟아오른 산이 되고
철철 철 흘러내리던 산이
바다 속 깊은 골짜기로 화하는 날은
아주 먼 훗날,
오리라던 천지개벽의 0시
하늘에서 나팔소리 울리면
계곡은 구천까지 날아올라
황금날개를 펴고 포효하리.

2. 너와 나 사이

서로 사이를 끼고 아파하는 마음
뜸하면 틈새 벌어질까 두렵고
시도 때도 없이 함께 어울리면
언제 식상할까봐 불안해지는 마음

너무 가까이 하노라면
마음 속 갈피에 나도 몰래
장미꽃 가시하나 돋아나
행여 상처 입히면 어쩔거나

하여 아쉽게도 먼발치서
속으로 외로움 꿀꺽 삼키며
가던 걸음 멈춰 돌아서려니
불현듯 밀려드는 그리움

때로 너와 나, 저만치 거리에서
인기척 바람결에 실어 보내면
황무지에 핀 작은 들꽃처럼 다가와
은은히 외워 싸는 향기이면 좋겠네,

아픔이며 외로움 그 너머
오직 그리움에 피는 한 떨기 꽃인 양
실낱같은 소망의 줄로도 참 미더운
우리, 그런 사이이면 좋으리.

3. 장대비

마치 게걸들린 들짐승처럼
닥치는 대로 집어 삼킬 듯
정신없이 쏟아지는 장대비

순식간에
온갖 하수구가 역류하며
홍수가 휩쓸고 지나간 자리

흙탕물이 삼켜버린 길 위로
새로운 물길이 생겨나고
일상사의 민낯 훤히 드러났네,

너무 촘촘한 신호등 때문에
너나할 것 없이 애를 태우다
서로 지켜야 할 신호등 하나
식은 죽 먹듯 무시해 버리는
일상화된 도로교통에서처럼

범람한 규제와 규칙 때문에
흐름의 세계를 관통하던 물길도
뒤엉켜 세상 더욱 복잡해졌네,

단순한 삶의 길을 벗어난
참을 수 없이 난해해진
호사스러운 외면의 치장과

헐벗은 내면의 빈곤까지
황토 빛 급류가 휩쓸고 지나갔네,

혼돈의 규칙을 단칼에 폐지하고
잡다한 규제 죄다 저 먼 곳으로
단숨에 쓸어 갈 심산이더냐

4. 귀경 歸京

긴 기다림의 선로를 따라
아주 느린 걸음으로
도착한 시골정거장

설레는 그리움 안고
오래 만에 찾은 고향인데
가볍게 스쳐 지나가는
이름 모를 문패들이
왠지 장승처럼 을씨년스럽다

눈을 감으면
옛길 마음의 고향 그대로지만
눈을 뜨면 발붙일 곳조차 없는
낯선 나그네

문득 가까운 이웃이
먼 친척보다 정겨운 듯하여
한나절도 못 채우고
선 발걸음을 돌려 세우다

누군가를 향한
실향민의 젖은 손수건
서글픈 듯 가슴에
성좌처럼 내려앉을 무렵

사랑하기 때문에
짐짓 떠나야 한다니까
감나무 고목 위에서
까마귀 한 마리
야속한 듯 자꾸만 울어 댄다

5. 시와 시인 1

사물의 뿌리 깊은 데서
아련히 들려오는 소리

무슨 오래된 비밀이기에
침묵에서 낮은 목소리로
짙은 어둠에서 밝음으로
끝내 거룩한 생명으로 태어나려는가,

아, 온 누리에 가득 찬 향기
한 가닥 노래 소리로 화하여
반짝이는 여울물로 속삭이나니

그윽한 실재의 조명과
베일에 싸인 계시의 현현을
떨리는 기쁨으로 받자 올
요람 하나 변변치 않아도

베들레헴 외양간의
말구유 하나면 족하지 않으랴

보석보다 귀한 생명을 잉태하여
생성의 아픔을 앓는 임산부처럼
웬 사랑의 힘에 이끌리기에
목숨 걸고 산고를 맞이하느뇨.

6. 시와 시인 2

밤이 깊도록 이처럼 잠 못 이룸은
먼 곳에서 의문의 손님이
불쑥 찾아 올 것 같은 예감 때문이다

태초에 말씀이 계시니라처럼*
우주에 가득 찬 말씀의 소리 있어
광야의 비바람과 눈바람
나뭇가지와 바위 끝 난초향기에
말씀이 옷자락을 드러내 보일건가

아니면 원석을 잘 다듬어
보석으로 빚어내는 장인匠人 같이
시인의 정교한 손끝에서 참말은
영롱한 시편들로 빚어지는 것일까

골똘히 생각하노라면 할수록
더욱 묘연해지는 빛이여 진실이여

창밖엔 싸늘한 바람이
문풍지를 울리며 지나가고
수많은 별처럼 잠들지 못하는 영혼은
이 밤도 천지를 방황하고 있으니......

〈거기 누구 대답해 줄 이 없소?〉

    * 요한복음 1:1

7. 시와 시인 3

오랜 기다림 끝에
마음의 창문으로
한줄기 빛이 스며오네

어두웠던 창가에
밝은 책상 하나

거기 다듬은 돌 판과
철필 한 자루 함께
가지런히 놓여 있었구나.

고요한 밤하늘에서
비를 타고 눈물에 젖어
내려오는 빛 소리

가만히 귀 기울이니
빛 속에 살아 움직이는
세미한 생명언어들 있어
소곤거리며 다가오는구나,

아무것도 꾸밈없이
무념무상의 돌판 위에
아주 자연스럽게
풀어 놓으라 하네,

그 철필 휘어잡고
그냥 붓 가는대로
새겨 넣으라 하네.

8. 시와 시인 4

먼동 터 올 때
지척을 분간하기 어렵게
어둠은 더욱 짙었었네,

어부는 작은 호롱불 하나
거룻배에 걸쳐놓고
새벽안개 낀 호수에
긴 낚시 줄 하나 던진다,

풀잎이슬 입에 머금고
낚시 줄에 실려 오는
가벼운 빛 알갱이
입질의 감미로운 감촉

생명의 무게를
온 몸의 전율로 교감하며
줄을 끌어당겼다 늦추었다

희미한 불빛에도
저항의 비늘 번쩍이며
천지를 뒤흔드는 힘이여

호수가 생명기호 하나
짜릿하게 교신해 온다.

9. 시와 시인 5

제철공장 용광로 같은
한 여름의 폭염 속에서
숯불 놓아 풀무질하며
볼 품 없는 원광석을 녹여
찌꺼기 거르고 걷어내며
다시 불에 다려 담금질하며
긴 하루해 저물어 갈 무렵
드디어 외씨같이 생긴
정금 알갱이하나 건져내는
장인의 핏빛 땀방울이여
거룩한 생명의 결실이여

10. 어느 시인에게 1

타고난 목소리가 크다고
함부로 목청을 높여선 안 된다더라

고아한 시인으로 살아가려면
장맛비 몰아낸 뒤 잠시 들렸다가는
무지개 같은 마음 하나쯤
가슴에 품어 안아야 한대,

나이를 먹어 갈수록
조급하게 내심을 파고드는 우상은
집요하게 달라붙는 명예욕이라더라,

가장 고혹적인 우상의 꾐은
침이 마르도록 간을 녹이는 찬사
"아직 늦지 않았어,
내일이면 행운의 여신이 찾아올 거야
저 깊고도 반짝이는 시편 좀 봐,
얼씨구, 감흥이 절로 나네."

하지만 오래 일구어 온 텃밭이라도
팥 심고 콩을 거둘 수는 없는 노릇

씨 뿌려 가꾸고 거둘 때 기다리며
허탄한 데 한 눈 팔지 말고
참된 말씀의 빛이라면

작은 미풍에도 깨어나 반응할 줄 아는
난초처럼 맑은 영혼의 숨결 같아야지

얼바람 맞은 자작나무숲을 벗어나야
산 위에 별바다, 산 아래 달동네도
눈물겨운 보금자리로 보이고
산울림도 심금에 깊이 메아리치는 법

11. 어느 시인에게 2

찾아도 볼 수 없고
두드려도 열 수 없는
들릴 듯 들리지 않고
잡힐 듯 잡히지 않더니
어느 절명의 순간
숨죽인 채 다가와
백년 한恨을 소리도 없이
목 놓아 울음 터트려
생명의 신비를 토해내는
한 송이 여주처럼
그게 시의 감흥인줄 알겠다.

깊은 영혼의 목마름으로
오지 않는 은총의 시간까지
참아 기다리다 보면
낮은 신음에도
어두운 심연에서
한줄기 빛 솟구쳐
고운 무지개로 피어나리니

시가 잉태되기까지는
정결한 신부여,
아직 혀에 떫은 사랑이라도
품길 바라고 깊이 사모하렴,

영원성에 잇대어
기어오르는 넝쿨손 같은
시는 아프지만 품고 싶은
사랑 같은 것

12. 청마 유치환님 생가를 지나며

이른 봄 여기 거제도에 와서
범상치 않은 밤 바닷바람에 휩쓸리며
정신을 잃었다 되찾은 경험을 한 뒤
아직 꽃샘바람 잦아들지 않은 청마의 뜰에서
'파도야 나더러 어쩌란 말이냐'를 되 뇌이다
펄럭이는 '깃발'의 맑은 정신을 만났다,
허무를 딛고 일어나 새 생명의 자유를
눈부시도록 꽃피운 송가頌歌의 의미를........

13. 아픈 마음의 시

한 밤중에 문득 떠오른
먼 곳의 그대에게
망설이다 물어 본다
시를 좋아 하세요?
위로받기를 거절할 만큼
심장이 터질 것 같은 아픔을
겪어 본 사람이라면
시를 좋아할 수밖에……
한 손엔 호롱불 켜들고
당장 어둠 깊은 재를 넘어서
아픈 마음의 시 하나 가지고
서둘러 찾아 가야겠다

14. 어느 시인의 간절함

아직도 그의 서정의 샘은
유난히도 얼굴이 붉었던
유년기의 뜰에 머물러 있었다,
척박한 생존의 광야에서
기막힌 운명처럼 엄습한
모래폭풍에 휩쓸려 날아간 뒤
망각이 통치한 아픈 기억의 샘 근원
잊힌 듯 오래 잠들었다가
꿈길 속 머나먼 미로를 돌아들어
우연히 다시 찾은 유년의 안뜰,
거기에 한 떨기 난초처럼
고독한 시심이 하늘거리고 있었다,
다시 찾은 서정의 우물가에 앉은
나의 금빛 날개여, 날아가지 마라
행여나 황홀한 꿈이라면
절대 날 깨우지 말아다오

15. 어떤 다짐

스스로에게 다짐하노니
아무리 궁핍하더라도
이런 못생긴 시는 쓰지 말자

불난 이웃집에 앞 가름이나 하려고
잔불 앞에 얼굴만 내밀고 건네는
입술에 바른 위로의 빈말 같은

청탁 마감일에 쫓겨 허둥대다
죽도 밥도 아닌
빛 좋은 개살구 같은
그런 역겨운 시는 쓰지 말자

한 잎의 시라도
잉태의 고통을 지나
출산을 손꼽아 기다리는
아낙의 간절한 심정으로 쓰자

막힌 가슴을 뚫고 울려 퍼지는
맑은 영혼의 노랫가락처럼
헐벗은 생명을 외워 싸는
경건한 마음의 선율이 아니라면
시의 향연에 들이지 말자

16. 그런 시 한수

진귀한 보화를 찾아
오랫동안 산을 헤매고 다녔네,

가진 것 다 쓸어 넣고
지쳐 돌아서려던 마지막 순간
뜻밖에도 노다지를 얻은 광부

아니면 오랜 세월 기다림 뒤
목숨을 건 산고 끝에
기어이 옥동자를 품에 안고
기쁨에 겨운 노산의 산모랄까

고로가 내뿜는 열기에 지치고
목마름 혀뿌리까지 사무친 끝에
누군가 건넨 냉수 한 그릇 같은,

작열하는 태양과 찌는 더위,
쪽빛 하늘까지도 무서웠던
오랜 메마름이 삼킨 대지 위에
쏟아지는 단비 같이

아, 그런 고마운 시 한수
가슴에 새겨둘 수 있다면

17. 한여름 밤의 정경

들녘 끝 어디선가
풀벌레 소리 맑더니
문턱까지 가을정취 메고 와
감질나게 풀어 놓는 여름밤
푸른 달빛
함초롬히 밤이슬에 젖고
한 낮 폭염 속을 지나며
먹고 또 먹히던 더위랑
자주 일던 현기증도 가시고
어느덧 떠나간 사랑이
다시 그리워지는 시간
별들도 짙푸른 호수에 내려와
기이한 빛의 시를 읊조리겠지

18. 청계천에서 꽃샘바람을 만나다

꽃샘바람 부는 날 청계천에 나갔다가
우연히 시샘하는 바람의 속살을 보았다,
바다에 몸을 던져 소경아비의 눈을 뜨인
심청이의 간절한 소원만큼 위대한
다이너마이트보다 더 붉은 그의 사랑이
여기저기 힘 있게 꿈틀거리고 있었다,
곤히 잠든 매화가지 흔들어 깨우는가,
얼음 박힌 실개천가 버들가지 틔우는가,
긴 기다림 끝에 날 센 걸음으로 저만치서
징검다릴 밟고 건너오는 꽃샘바람
생명은 저토록 그윽한 사랑을 품은
간절한 만남의 비밀이란 걸 곱씹으며
살을 외는 그의 매서운 눈빛 속에 잠긴
눈물겹도록 따신 마음의 온기를 느꼈다

19. 어떤 조우 遭遇

잠시 군인내무반에서 함께 지냈던 친구를
반세기를 훌쩍 뛰어넘는 참 절묘한 순간에
어느 지하철 환승역에서 우연히 마주쳤다

딱히 급한 용무도 없었는데
마치 피난민 행렬에 뒤섞인 인파마냥
명함 한 장 미처 건네지 못하고
따뜻한 커피 한잔 나누지 못한 채
엉겁결에 서로 얼굴을 놓치고 말았다

일상의 삶 속에서 흔한 일이 아닌,
일생에 한번 찾아올까 말까한
이를테면 복권당첨이나 홀인원처럼
희한한 확률놀음 같은 기회였는데
생각 할수록 잃고 싶지 않은 순간이었다,

풍상을 잘도 견뎌낸 듯 희끗한 머리카락,
마치 꿈꾸는 자처럼 우아해 보였고
인생의 숙제도 다 풀어 놓았음 직 한데
어찌 그리 표표히 바람처럼 흩어진 것일까

뜻밖에 짧은 만남, 기약 없는 긴 헤어짐
언제 어디에서 다시 만날 수 있을까,
느림에 길든 길목을 걸으며 드는 생각
마음을 못 나누고 그냥 지나치는 일상이란
참된 만남도 참된 삶도 아니지 않은가
살다보니 이런 아픔도 겪게 되나 보다.

20. 개똥 쑥

개똥밭에서만 자라기에
고아한 품격에다 의관을 갖춘 양반은
개두릅처럼 그 풀을 만지길 꺼렸다지,
하여 금기 드리워진 유폐된 땅
개똥이, 개구쟁이, 개망나니들만
드나들 수 있었던 후미진 곳
개똥 쑥은 버려진 채 오랜 세월
거기서 질긴 목숨으로 버텨왔다,
무지렁이들의 모진 한숨과
고혈이 서려있는 개똥 쑥을 끓이면
눈물 같은, 땀에 저린 근육질 냄새가
야릇한 향기로 물씬 풍겨난다고
요즘 들어 양반들이 너도 나도
이 풀을 찾아 나선다는데
개똥 쑥 속에는
끈질긴 항암물질이 풍부하다나?
이토록 세월은 흘러 세태도 변했지만
또 다른 벌거벗은 생명들은
우리들의 경계 밖, 타인의 지대에서
옛날 그토록 서러웠던 개똥 쑥처럼
왜 여전히 저토록 곤고한가?

II부

화음

21. 띠가 같다

60갑자를 한 바퀴 빙 돌아서
소띠 동갑내기인
할아버지와 손주
목욕탕에서 손주 녀석이
노인의 등을 밀어주다 말고
〈할아버지가 소띤데
왜 나도 소띠지요?〉
할아버지가 말문을 열었다
〈우리가 같은 소인 줄 알아?
인마, 넌 송아지, 난 황소여!〉
녀석이 조용히 대꾸했다
〈그러면 왜 황소가 늘 송아지
하자는 대로만 하는 거예요?〉
할아버지는 그저 웃기만 했다

22. 민둥산에서

수더분한 실존들의 삶터

닫힌 문들이 열리고
가난한 마음들이 어울려 숨을 나누며

여기가 결리면 저기도 결리고
한 쪽이 아프면 모두 아플 수밖에 없는
헐벗은 생명들이 모여 사는 곳

거센 바람도
연민으로 잦아드는 민둥산

순수한 실존들의 쉼터

23. 거리의 아이들

학교에서 조금씩 멀어지다
집에서도 쫓겨나 갈 곳 없는 아이들
종일 허기진 거리를 배회하다
저녁연기 필 무렵이면
검은 빌딩 숲 후미진 빈터에
외로운 나그네로 버려진 채
차라리 비행을 꿈꾸는 넝쿨손들

저마다 켜켜이 쌓아올린 감시망이
주위를 무겁게 지배하는 음산한 거리에
울타리 없는 나대지의 아이들만
난해한 운명의 수레바퀴 밑에서
헐벗은 채 슬픈 밤을 지새워야 한다.

어둔 밤 스산한 바람 스치는 뒷골목에선
바람막이 없는 둥지가 흩날리고
서러움 가득한 하늘의 별들도
희미한 가로등 사이로 멀어져 갈 때
멀리 고층아파트의 마지막 불빛조차
차갑게 돌아눕는다.

진실로 한그루 나무들끼리라도
겨울의 숲 속에선 손에 손을 잡고
매서운 칼바람에도 몸을 비벼
서로의 체온을 나눌 테지만

사랑이 식어버린 가족
연민의 줄이 끊긴 교사
그림자처럼 그냥 스쳐지나가는 경찰
앉아서 서류만 양산하는 사회복지사들
아예 관심 밖으로 점점 밀려나다
녹 쓴지 오랜 사회안전망 너머
타자他者의 세계로 내몰린 아이들,
어제까진 잠시 부재중이더니
현재는 무기한 실종 중

24. 앙숙

간신히 도로변에 주차하고
황급히 뛰어 나오는 운전자에게
불쑥 다가서는 불법주차단속요원
마치 개와 고양이의 만남 같다

노변 표지판에 뭐라 적혀있죠?
19시까지 주차금지........

지금이 몇 시죠?
오후 7시 3분,
그러니까 나 합법주차 아니요!
법률규정집의 잣대를 들이대며
제복의 얼굴을 노려보는 순간

7시 전의 증거를 장착한
스마트 폰을 꺼내드는 법의 수호자
고양이 코앞에 동영상을 들이 댄다

〈길 가던 고양이가 무섭게 째려본다.〉

25. 비만 공포증

인간의 끈질긴 탐욕덩어리
꿈길에서건 바람결에서건
발길 닿는 곳마다 눈총 받는 비만
너도나도 날씬한 몸매를 꿈꾼다.
앞으로 올 코로나바이러스 24는
비루먹은 몸매가 치명적일 거고
비만바이러스가 특효약이 될 거란다
하지만 지금 여기서는 비만이
전염병처럼 온 땅에 퍼질까봐
지레 돌아누운 나무와 풀잎들,
양떼와 염소무리도 거리두기 때문에
하루 살기가 무척 팍팍하단다.

26. 불안 1

어린 소들이 마른 풀밭에서
희뿌연 흙을 헤치며 간다,
한 때 풍요로웠던 초장
사막화가 진행 중인 걸 알고
무리를 앞질러 간 어미 소 한 마리
초원의 끝자락에 서서
먼 산 너머로 물끄러미
불타는 하늘만 쳐다본다,
되새김질이 깊어갈 수록
커다란 눈망울엔 끝내
깊은 수심이 어른거린다

27. 밤도둑이 진짜 무서워하는 것

밤도둑이 무서워하는 건
눈을 부라리고 동구 밖을 지키는
야경꾼이나 천하대장군이 아니다

한 나절 무더위에 지친 길손들
발걸음 멈춰 세우고 땀을 식히던
저 시냇가에 뿌리박은
아름드리 정자나무도 아니다

그림자도 없이 홀연히 다가와
하얀 강물 위에 푸른 달빛
맑게 쏟아 내는 보름달도 아니다

강심장을 지닌 소도둑도 진짜
오금이 저려 한 발자국도
건너 뛸 수 없게 만드는 건
머리꼭지에 비수처럼 내리 꽂히는
아주 날렵 싸늘한 저 초승달이다

28. 숨겨진 비밀

사과껍질 밑에 태초부터
고이 숨겨져 온 나라
무궁세월 생명의 숨결이
젖과 꿀 흐르듯 넘쳐흐르고
사랑으로 곱게 빚어 온
비밀창고도 거기 있었네,
누가 이 평화로운 영토를
정복자의 말발굽 아래 두었는가,
폭군의 이빨을 드러낸 채
맹수 같이 달려들어
한 입에 삼켜 버리는
레비아탄(Leviathan)의 권력
빨간 국경선이 무너질 때마다
주권을 지킬 수 없는 나약함,
저물어가는 왕국은
그만 서러워 울었지
울면서 흘리는 흰 피라서
이토록 어미젖처럼 단건가

29. 숲

숲은 본래 생명의 요람이었다,
거목들이 하나 둘 쓰러져
소리 없이 흙으로 돌아가는 요즘
숲에서 바람은 점점 거세지고
돌풍에 내몰린 젊은 수목들이
입지를 찾아 헤매고 다니느라
마음 기댈 언덕 없이 빽빽해진 숲
하여 그 자리에서 연륜을 쌓고
모진 풍상에도 높은 곳을 향해
팔을 뻗던 심지 곧은 나무들도
이끼 낀 비 호감의 그늘에 접어들면
짐짓 무거운 세월의 짐 내려놓고
땅바닥에 털썩 주저앉고 싶어 한다,
자주 숲은 정적에 휩싸이고
포근한 자연에 들고서야 맛 볼
따뜻함에 관한 소문 빨리 퍼진다,
이제는 거친 바람 앞에서도
더는 미동조차 하지 않을 심산으로
큰 나무들이 뿌리로 돌아가 눕는다,
평안히 누워 잠든 어미 품이 그리운
저만치 흩어져 앉은 애송이들만
바람 잘날 없을 세파를 예감한 듯
가만히 스쳐지나가는 미풍에도
젖은 손수건을 흔든다.
한 생명은 눕고 그 누운 자리에
또 새 생명이 자라난다.

30. 이상한 동종(銅鐘)

그 때 국보급 동종이 슬피 울었다
일제말기 조선천지에서 징발된 동종들
군수공장으로 깡그리 채 실려 갈 때
강제 징용으로 끌려가던 청소년이나
혹은 정신대로 붙잡혀간 소녀들처럼
밧줄에 팔이 묶인 채 끌려가다
마을 어귀 무논 수렁에 빠져
방기된 지 이십여 년,
동란 중 고찰은 불타 사라졌지만
새마을 운동 때 간신히 구조되어
둔중한 몸으로 마을 회관 앞,
부끄러움인지 서러움인지
차마 울지도 못하고 벙어리로 서 있더니
천안 함 참사소식이 들리던 날
불현듯 깨어나 종일 쉰 목소리로 울었다
왜 이제야 우느냐고 물으니
삶의 울타리 한구석이 무너졌는데
울지 않을 목석이 어디 있겠느냐고

31. 법의 춤

- 이상돈의 '법과 춤'에 부쳐

법은 생명의 춤이다
몸짓으로 표현하는 예술이 아니라
의미로 전달되는 삶의 아름다움이다
종이위에 손으로 그린 조형문자나
말라빠진 뼈 위의 갑골형상이나
돌에 돋을새김 한 율법이 아니라
물 위를 떠돌아 흐르다가
천지의 호흡을 불어넣어 빚은 생명
마음에 새겨진 격조 높은 생동감이다
얻었다고 자고하지 말고
잃었다고 낙심하지도 마라
법은 높은 뫼 부리 낮추며
낮은 골짜기 북돋우어
햇빛 골고루 비치는 공평의 지평위로
함께 어깨 걸고 걸어가며
마음과 마음도 하나로 엮어가는
생명사랑의 춤이다

32. 해 이슬*

끈끈이주걱을 해 이슬이라고 부르면 안 되나
멍하니 입을 벌리고 있는 동굴 속으로
찾아드는 가녀린 벌레들은 실은
꽃술에서 묻어나는 끈끈한 향기에 취한 게 아니다
아침이슬처럼 눈부신 햇살이 꽃잎에 쟁여 짜릿하고
젖은 풀숲에서 흙 묻은 날개를 이고 나온 풀벌레들
촉촉한 살결 햇살에 말갛게 씻어 두려고
그 영롱한 빛 속으로 찾아 든 게야
밝은 빛 알갱이가 내뿜는 황홀경에 빠져들어
신비한 미로에 갇힌 줄도 모르는 천사들
우리, 끈끈이주걱을 그냥 해 이슬이라 부르면 어때

* 독일 사람들은 끈끈이주걱을 해 이슬(Sonnentau)이라 부른다.

33. 입씨름

어느 날 외나무다리에서
한 주의主義가 원칙을 만나자 대뜸
너, 원칙 아는 놈이냐고 시비를 걸었다
형편에 따라 하나 둘 예외를 허용한 뒤로
원칙과 예외의 경계선도 모호해진 지금
원칙이 예외인지 예외가 원칙인지
원칙도 예외도 때로 헷갈릴 때가 있다
진작 그걸 알았어야 했는데
분간할 줄 모르는 맹꽁이이라고

원칙이 주의에게 달려들며
너, 장애우가 아니냐고 맞받아쳤다
외눈박이론 세상을 온전히 볼 수 없지
알록달록 찬란한 계절의 빛을
검은 안경, 붉은 안경 하나만 가지고
전부 다 검은 세상 또는
붉은 세상이라 우겨대는 주의,
벌거벗었으면서도 벗은 줄도 모르는
외톨이 외고집 인생이라고

34. 사과

농부는 이른 봄부터
가을을 내다보며 과수를 매만졌고
눈을 감고도 얼굴이 낯익도록
사과나무의 체온이 스며들기 까지
가까이에서 사랑의 밀어를 나누었다
풋것이 극상품이 되기까지
밤낮모르는 수많은 나날들
또 얼마나 많은 손길이 가 닿았을까
꽃이 필 무렵 나비와 벌의 군무
한 여름의 뜨거운 태양과 폭풍우
땅거미 지는 저녁 시원한 휴식
밤하늘의 별과 새벽이슬도 다
사과 하나 빚어가는 신의 은총이었네
곱게 단장한 채 산을 넘고 강을 건너
인파가 밀고 써는 시장을 향해 가는
온갖 사랑의 빛으로 직조된 사과
이젠 뉘게 그것을 되갚을 심사인가

35. 알밤 한 톨

명절 전날 경동시장에서
햇밤 한 되 사가지고 왔다
밤을 깎으면서
알밤 한 톨에 묻어있는
지식의 코드를 읽을 수 있었다
지고한 가치를 보존하기 위해
초록빛 철책선이 녹슬어 해지기까지
무두질 잘된 쇠가죽 같은 방패에다
또 떫디떫은 화생방 보호막
그 안에 가득한 질감 좋은 육질
순정한 자양분에 겹겹으로 둘러싸인
생명의 씨눈
법의 세계에서
인간의 존엄과 가치도 저렇겠지
아무도 정복할 수 없는
법가치의 최고봉이
그 깊은 곳에 들앉아 있지 않나.
그런데 참 이상도 하지
어느 곳의 게릴라인가 밤벌레 한 마리
촘촘한 법망을 용케 뚫고
거기까지 땅굴을 파다니

36. 잘 가요, 칸트

법의 이념인 정의正義에서
당신은 그의 냉혹한 얼굴만 보았지
그의 따뜻한 속내를 읽지 못한 것 같군요
눈에는 눈, 이에는 이, 목숨에는 목숨으로
비록 내일 세상의 종말이 온다 해도
오늘 여기서 정의만큼은 꼭 세워야 한다며,
비유컨대 섬사람 모두 다 그 섬을 버리고
어디론가 떠나 살기로 합의했더라도
마지막 남은 사형수의 목은 꺾고 떠나야한다고,
그런 인정머리 없는 엄한 정의론 탓에
보통사람들은 좋은 법률가를
나쁜 이웃으로 멀리하는 경향이 있다오,
그리하여 법은 최후수단이다,
윤리의 최소한이다 어쩌고저쩌고 하면서
실은 엄벌 앞에서 맞장구를 치는 법률가들,
허나 법과 정의는 인간 사랑이 아닌가요?
결코 포기해서는 안 될 인생을
인내로써 감싸 안으며
메마른 땅에서도 생명의 씨 잘 자라게
정의란 사랑의 물길을 열어 펼쳐주는 것
마주보고 앉은 두 언덕 사이로
한쪽 팔엔 정의, 다른 팔엔 사랑을 껴안고
천만년 유유히 흐르는 저 속 깊은 강물처럼
법은 사랑으로 정의의 꽃을 피워내는
정의로운 사랑의 마음이 아닐까요?

37. 거리두기

신문기자에겐 우리 모두가 밥이다
특종감이라면
의리도 약속도 내팽개치고
피도 눈물도 없이
무례를 떡 먹듯 하는 게 일이다
신문기자도 권력인 만큼
너무 멀리해서는 안 된다
하지만 너무 가까이 하면
숯불을 베개에 넣고 자는 것과 같다
시도 때도 없이 불쑥 나타나고
야심한 삼경에도 전화를 걸어온다,
그들은 며칠 밤을 새우고도
피곤한 줄 모르는 초인들이다
냄새나는 곳마다 파고드는
쉬파리처럼 처절한 존재다
그들과 적당한 거리를 두려면
가끔 치명적인 오보를 흘려야 한다,
성가실 만큼 민원을 부탁하든가
아니면 깜도 안 되는 인물을
신문에 한번 크게 띄워 달라고
귀찮게 자꾸만 매달리는 것이다

38. 날품팔이

꼭두새벽 어둠을 헤치고
인력시장에 내리는 검붉은 팔뚝들
팔려나갈 운명의 순간들을
숨죽이고 요행을 꿈꾸며
지하철을 달릴 땐 포근했어도
배반의 현실은 겨울바람처럼 매서웠다
잡힐 듯 잡히지 않는 좁은 문
고국은 무너져 내리고
터널의 끝은 보이지 않고
밤마다 절벽 아래로 낙하하다
새벽이면 다시 시작하는 오름
시지푸스(Sisyphus)의 운명처럼
되풀이되는 오름과 내림
역류하는 피로 달아오른 신열이 내리고
손발은 늘 바람 앞에 시리다

39. 화음

장맛비 잠깐 멈추어 선
외딴 골목길 느티나무에서
매미 한 마리 가슴 시리게
넋을 놓고 울기 시작한다,
매욤~ 매욤~

후덥지근한 안개를 헤치고
바쁜 심부름 길로 뛰어가던
한 소년가장이 보조를 맞추어
조심스레 따라서 부른다,
매~욤 매~욤

잠시 가던 길 멈추고
그 나무 밑으로 찾아 든
엿장수 노인도 따라 운다,
매~욤~ 매~욤~

가슴과 가슴이 어우러져
마음에 동그라미 하나 그리며
어느새 삶의 고단한 한 때를
어울려 노래하네, 맴~맴~

40. 입추를 지나며

인기척도 없던 여름 뜰에서
입추가 지나자 뛰어나온 여치 한 마리
자꾸만 귓전에서 내 소매 자락 붙들고
새벽 숲으로 함께 가자고 조르네,

하얀 밤을 지새우면서도
여태껏 들어도 의식하지 못했던 목소리
임박한 종말을 알리는 현자의 계시인양
오늘 내 서정의 언저리로 가까이다가와
영혼의 빈터에 느낌표 한 점 찍는 구나

노염老炎은 때때로 기승을 부리고
내면 은밀한 곳간 안에 빽빽이 줄지어선
탐욕의 항아리들, 오늘을 지나면서
서로 부딪히고 깨어지고 아우성치며
이기심에 매캐한 인간냄새를 풍기네,

그 틈새를 타고 승천했던 한 점 느낌표
천사의 날개를 타고 내 안으로 내려와
내 오욕의 곳간 구석구석에
순결한 성수聖水를 흩뿌려 주네,

질그릇 속에서 곰삭던 사념덩어리들,
마음의 여백에 새로 돋은 양털처럼
밤새 몸부림치던 이름 모를 양심도
붉게 피어나 뺨을 적시려 하는가보다
아, 그건 내 영혼의 블랙 홀

III부

천마天馬

41. 그 길

인적이라곤 찾아볼 길 없는
처음 누가 만든 것이 아니고
발자취가 쌓여 난 것도 아닌
처음과 끝도 알 수 없는
알지 못하는 길을
오늘도 묵묵히 걸어 가야한다,
오랜 풍상에 깎이고
눈비와 찬 이슬 맞아
아련히 돋아난 대지의 심줄인 듯
해와 달을 품고
혹한과 폭염을 견뎌내며
혼자서 핏줄처럼 뒤엉켜 숨쉬는
보이지 않는 외줄기의 길
무지렁이와 민달팽이가
숱한 세월 지나 다녔던 길
홀로 길을 갈 줄 아는 이는
구차하게 길을 논하지 않듯
미지의 길을 걷는 이는
그 위에 표석을 세우지 않는 법
묻고 또 두드리며 뚜벅뚜벅
시간의 숲을 헤치고 걸어갈 뿐
장차 각색될 영웅 이야기는
험로를 개척해야 할 이들에겐
괜히 부담스런 짐일 뿐

42. 미운 오리새끼

벌판에서 소를 몰 땐 정말로
꽤나 성실했던 아이였다는데
교실에선 곧잘 폭력을 휘둘러
문제아로 낙인찍힌 아이
새 어머니가 들어온 후로
안에서 점차 악동이 자랐났고
무의식 밑바닥 한쪽에선
사랑의 샘이 메말라가면서
또 다른 한쪽에선
잡초처럼 미움이 쑥쑥 자라나
참을 수 없는 파괴력이
그의 내면세계를 자꾸만
충동질 하고 있었다는 거여
훔치고, 때리고, 빼앗고........
애처로운 관심의 눈으로
잠시 보듬어주기만 했어도
부드러움이 꽃을 피웠을 텐데
그런 속내도 모른 채 학교에서
그저 미운 털 박힌 놈이라고
벌거벗겨 내놓았다지 뭐여
골방에 유폐된 미운 오리새끼
누가 어미마음 품고 다가가
이마에 붙은 저 주홍 글씨
천사표로 바꿔줄 수 있을까

43. 성주 아리랑

처녀 딸 성주가
고왔던 머리채 뿌리 채 삭발하고
뜨거운 황톳길을 내달아 기가 차도록
검게 탄 이마에 별난 머리띠 다 동이고
피멍든 함성으로 광장에 모여들어
소리 나는 땅으로 변하고 말았네,

잊을 만하면 또다시
반도의 산하를 뒤흔드는 핵 폭발음
거듭 쏘아 올린 탄도미사일
오키나와, 괌 어디든 내치리라
벼랑 끝에서 위세를 과시하며
연일 위험천만한 DMZ 저 편

저쪽 미사일을 하늘에서 받아치고
한 방도 경계를 넘어오지 못하게 시리
사드로 공중울타리 빽빽이 둘러치는데
얌전한 성주가 최적지라지 뭐여

기실 사드에 무슨 독이 묻어 있어서
들짐승이 그걸 먹는 날엔 미칠 거라고
레이더망전파가 웬 몹쓸 짓을 할 거라고
가만히 앉아서 당할 순 없다고
화들짝 들고 일어선 게 아니라는 거여

아들 하나 낳지 못했다고

한 마디 귀띔도 건네주지 않은 채
족보 빈자릴 팔아넘긴 가문의 사내들에게
자존감 하나로 떨쳐 일어나
온 몸으로 저항했던 이름 없는 여인처럼

거기 있어도 없는 것 같던 순둥이,
위에서 밀어붙이면 된다는 식의
방자한 권력의 셈법을 향해
절규하며 몸부림을 치는 거라네

하지만 불쌍한 건 우리,
고래싸움에 등 터지는 새우처럼
실은 강자들이 벌려 놓은 싸움판에
멋모르고 뛰어들어 제 식구들끼리
한 바탕 치고 박는 꼴이라지 뭐여

스스로 살아가기도 힘든
서러운 땅 한 구석을 밝히는
아, 슬픈 처녀 딸의 촛불
간밤에 청포장수는 그냥 울고 갔다지

난 차마 얼굴도 못 내밀고
그저 안타까이 별을 헤는 마음으로
세월을 실은 수레바퀴를 끌고 가리라
언젠가 올 진인眞人을 고대하며

44. 한탄강에서

시들어 낙화처럼 절벽 아래로 떨어지는
기구한 여인들의 삶의 이야기에
함께 껴안고 울 줄도 아는 어미마음을
풍요한 대지의 젖줄인 한탄강에서
나는 오롯이 읽을 수 있었다

멀고 가까운 지난날 외진 산골짜길 떠나
흘러 흘러서 삼만 리, 산 넘고 바다 건너
돌아올 기약 없이 이방으로 끌려갔다가
경계 밖 삭막한 땅에 내동댕이쳐졌다가
피멍든 채 벌거벗겨진 생명들

망실된 이름으로 떨기 채 흔들리다
천신만고 끝 희미한 기억의 연고지를 찾아
지레 부끄러움에 고개 떨구고 돌아온
착한 대지의 가녀린 들꽃 같은 영혼들

그 얼굴에서 수치의 눈물을 씻기기는커녕
잔인하게도 삭막한 동토의 땅에선
화냥년, 성노리개, 양공주란 굴레를 씌워
후미진 외곽으로 내몰아넣은 뒤
옹이진 가슴에 냉대의 못을 박았었지

막막한 천애에 사무친 정한의 한숨을
연민의 정으로 씻어 보듬어 주는 모심

차가운 절벽을 폭포처럼 뛰어내리면서도
말 못할 그 사연마저 귀기우려 들어주는
아, 일말의 점직함을 아는 한탄강아

멍에 멘 소녀들의 통한의 절규인가
차별도 하 서러워 흐느끼며 가는 물살들
아리~ 아리~ 아라리요~
몸부림치며 안고 돌아 굽이굽이
내 마음의 강물도 울리며 가는구나

45. 인어 이야기

슬픈 인어공주이야기의 저작권이
안데르센에게 있는 가 했더니
코펜하겐해변에서 인어동상을 만져본 후
불현듯 그게 아니란 생각이 들었다

인어이야기의 뿌리는 멀고도 깊다
두 돌을 맞부딪쳐 불을 처음 만든,
사랑하는 이의 떠꺼머리에 손을 얹고
잔손질을 해 주기 시작한
인류 최초의 미용사였던
네안데르탈인에게 거슬러 올라가야 한다.

북 유럽 저지대 해변 가에
움막을 치고 살았던 네안데르탈인,
폭풍우 몰아치던 어느 여름 날
해안선에서 조가비를 줍다가
험한 파도에 휩쓸려 영영 헤어진 짝꿍

기다리고 기다려도 돌아오지 않는
삼단 같은 머리채 빗어 올린 그 얼굴
못내 그리워하던 어느 날 해안에서
사람 크기만 한 물고기를 만난 후
바위에 새겨 본 반신물고기 형상,
모닥불과 함께 인어설화로 다듬어져
전해 내려왔을 거란 생각이 들었다

하, 귀여운 안데르센 안에
네안데르탈인이 숨어 있었네.

46. 중개인

셋집이 일단 좋다는 말을 해 놓고
돌아서서 곰곰 다시 생각해 보니
도저히 그럴 일이 아닌 것 같아
몇 날을 두고 시름에 잠긴 끝에
말을 바꾸기로 결론은 내려지고,
하지만 웬 세상에
얼굴을 맞대고 눈빛을 마주보며
막상 싫다는 말을 다시 하려니
달콤하게 곰삭은 집주인의 기대를
이러쿵저러쿵 찢어 망가뜨리는 건
천하의 무뢰한이 아니고선
차마 사람의 도리가 아닌 듯해
궁여지책으로 다시 중개인을 찾았다,
비록 요를 받고 팔려갈 몸이건만
호밀 빵에 버터 같은 선무사宣撫使
몸 둘 곳 모를 곤비한 내 심령에
실은 값진 진주보다 더 귀하고
가뭄에 단비 같을 줄이야........

47. 천마 天馬

변방을 떠돌던 불온한 한 나그네,
뿌리 깊은 신라 고도 서라벌 곳곳을 누비다
천마총에서 난생 처음 천마와 마주쳤을 때
문득 뜨거운 핏속에서 힘차게 끓어오르는
F1경주보다 더 걷잡기 어려운 질주본능

단숨에 시간을 뛰어넘고 세상을 가로질러
땅 끝까지 내닫고 싶은 저항할 수 없는 충동,
천마는 멈춰 섰던 시간의 봉인을 깨부수고
하늘높이 흰 날개를 치켜세우며 일어나
천군만마의 질풍노도처럼 내달리기 시작했다,

중세유럽의 육중한 성채 문을 열고 들어설 때
민족이동, 십자군원정의 비명, 지축을 울리더니
이탈리아 롬바르디아평원을 박차고 달릴 땐
사라센제국의 말발굽소리 광풍처럼 솟구쳤다,

중앙아시아 대평원을 지나 몽골초원에 이르자
구름 속 적갈색 갈퀴 휘날리는 용마의 군무
천둥소리와 함께 폭풍이 대지를 뒤흔들 때
자작나무숲을 헤치고 득달같이 달려오는 천마

그 군무에 깊이를 알 수 없는 견인력 솟아나와
일찍이 천마 타고 알타이, 천산산맥 뛰어넘어
광활한 초원, 시베리아원시림을 뚫고 겹겹이 쌓은
대지의 땀과 눈물이 바로 조상의 얼이었다는 걸
마두금 가락 애간장에 녹아들기까진 잘 몰랐었다

저 오래 간직해 온 피멍의 흔적 몽골반점이
꾹 찍어 누른 삼신할멈의 신기한 손도장이 아닌,
대평원을 누비던 이름 모를 옛 선조들이
모진 풍상과 마주하여 켜켜이 갈무리해 둔
정체성의 코드라는 걸 어렴풋이 알게 되었네.

서라벌에서 땅 끝을 향해 달려온 순례길
대초원의 적막한 밤 초라한 게르 바닥에서
어미 품에 안긴 젖먹이처럼 달콤한 안식에 취해
대지의 칼바람이 빚어낸 구릿빛 얼굴들과
함께 흥겨워 춤추는 호모 엠파티쿠스를 보았네.

그리 낯설지 않은 생명의 돌부리들 틈에서
명절마다 뿌릴 찾아 민족대이동에 나서곤 하는
질박하기 그지없는 귀성행렬의 극성을 떠올리며
격세유전 한 조각, 낡은 유랑의 파편들 꿰맞추며
의문이었던 그 피 끓음, 염기서열의 실종된 끈과
아득한 만고 쩍 비밀단서의 고리들을 찾았네.

하지만 죽은 자의 시간에서 되살아난 천마는
별바다가 쏟아지는 초원의 밤에도 미지의 세계로
베링 해 가로질러 어느 이름 모를 안데스산록까지
더 달리고픈 심장을 여전히 끓이고 있었다.

* 롬바르디(Lombardia)평원 : 이탈리아 북부의 대평원.
* 게르(ger) : 몽골인들의 이동식 천막집.
* 마두금馬頭琴 : 몽골의 민속악기의 하나. 두 줄의 현악기 몸통 위쪽 끝에
  말대가리 장식이 붙어 있어 붙여진 이름.
* 호모 엠파티쿠스 : 공감능력을 지닌 인간.

48. 집을 보다

추석연휴 홀로 집을 지키다
문득 집 생각이 떠올랐다,

산골짜기 옛 고향 마을은
겹겹이 산울로 싸여 있었지만
병풍 같은 포근함이 감돌았던
바람막이 울타리 속에 감싸여
집집마다 이마를 맞대고 앉아
밤길에 광솔 불 밝혀주며
햇빛과 비바람도 함께 나누며
슬픔과 즐거움이 혼자 일이 아닌
정으로 얽혀진 집들뿐이었다

지금 우두커니 서있는 집
정다웠던 이웃들 떠나버린 뒤
육중한 성벽 같은 집채들 들어와
사람 사는 이야기는 차단된 채
지척의 흥보를 TV에서 만나보는,
천정부지 치솟는 전세 때문에
단칸 셋방살이 토해내는 신음
높은 집은 낮은 집을 두르고도
함께할 줄 모른 채 늘 고고하니
집은 집이되 빈집처럼 허허하다

49. 알듯 말듯

과년한 여식이 짝을 찾지 못해
애를 태우던 친지가 있었다,

혹시 연애감정이 고갈 됐나 싶어
흔들어도 보고 깨워도 보고
등을 떠밀어 닦달하기도 하고
울부짖어 싸우기도 하다가
끝내 원수 같다고도 해 봤다지,

해도 끄떡도 하지 않고
세상에선 잘 나가기만 하던
캐리어 우먼,

독신의 은사를 받았나 하여
모두 지레 사뭇 경건해질 무렵
결혼청첩장 한 장이 날아왔다,

하얀 드레스의 신부 얼굴에서
진주 빛 눈물이 묻어나고
엄마의 눈가에도 눈물이 맺혔다

기쁨도 슬픔도 아닌
이해가 미치기 힘든 높은 곳에서
보석처럼 반짝이는 저 눈물은

50. 짐을 내려놓고

40여년 하루도 거르지 않고
내실보다 더 사랑했던 것도
다 내려놓고 무작정 떠난다는 게
얼마나 어려운 일인지

그게 남의 얘기일 때는
그저 먼 하늘 뭉게구름 바라보듯
대수롭지 않게 생각했더니
홀가분히 짐을 벗은 다음날 새벽
야릇함이 뼛속까지 사무침을 느꼈다

평소처럼 일찍 눈을 떴지만
오랜 분신이었던 기사는 오지 않고
일정시간에 맞춰 매일 지나던 길로
딱히 나설 일도 없다는 분명한 사실이
눈앞에 현실로 다가오자
자유는커녕 발목이 쇠고랑을 찬 듯
몸을 짓누르는 통증이 엄습했다

스스로 풀지 않으면 안 될
또 다른 무거운 짐 하나가
어느새 내 안에 자리 틀고 앉았구나,

짐을 내려놓는다는 것
얼마나 시원하랴, 쉽게 말했던

한 때의 낭만적인 생각
허전함을 이기기엔 너무 약하다는 걸
그제야 또 한 수 아프게 배웠다.

51. 기다림

또 새벽 맑은 종소리는
잠든 영혼을 깨우기 위해
얼마나 오래 기다렸던가,

그 거룩한 부르심은
고독한 오솔길 저 끝 너머
으슥한 어둠의 터널을 지나
어디쯤에서 발길에 와 닿을까

한치 앞을 내다볼 수 없어
조바심 속에서 용을 쓰며
분노의 성을 쌓기도 하다가
남는 건 결국 고립된 자아 뿐

애먼 하늘을 탓했는가 하면
공격의 불화살을 당기기도 했던
정글 같은 수렁에 빠져들면서
시간마저 상처입고 떠나버린

아, 창살 없는 감방에 홀로앉아
목마르게 구원을 부르는 영혼
마음의 제단에 촛불하나 켜놓고
손꼽아 올리는 기도

참고 기다리게
참된 기도는 기다림일세.

52. 절개지에서

애초엔 관심밖에 두었던 민둥산
낌새를 알고 기어들어 온 건
산을 깎아 팔아먹는 괴물들
또 다이너마이트 폭발음과
파괴하는 건설장비의 굉음이었다.

방기했거나 방치한 건 아니지만
어쩔 수 없는 지식의 간계가 있었고
탐욕이 야금야금 허리까지 집어삼켜
토르소처럼 슬픈 기색을 한 절개지

한 영혼의 치부를 들춰내는
저리도 잔인한 폭력인줄 알았다면
후회도 모를 목석처럼
그냥 무릎 꿇지는 않았을 테고

어차피 피할 수 없는 운명이었으면
용기 있는 자같이 한목숨 내 던져
위기에 빠져 허우적거리는 한 생명을
건져낼 수도 있었을 텐데

개발광풍이 휩쓸고 지나간 자리
피도 눈물도 없는 투기판에서
이리저리 끌려 다니다가
몸도 마음도 찢기고 무너져 내려
아픈 상처만 저토록 깊었는가.

53. 도시의 불빛은 차가왔네

멀리서 보면 따뜻한 보금자린 듯한데
다가갈수록 싸늘하기 그지없는 도시의 불빛
무지의 베일에 가려 그 찬란한 불빛 속으로
순진한 야생의 무리들이 하산을 결행한 날

먼 나라에서 온 커피향이 물씬 풍겨나는
낯선 골목길에 들어섰을 때 쯤
어디선가 퍼져나는 고구마케이크 익는 냄새,
그 황홀한 미감에 취해 그들은 그만
돌아갈 수 없는 경계선을 넘어서고 말았지

지금 이곳의 풍경은 1960년대 미국남부도시
백인전용 공중화장실에 들어섰다
죽도록 얻어맞고 피멍든 시신으로 돌아온
슬픈 뿌리를 지닌 어느 조상의 후예들처럼

애당초 열외로 제켜놓았으면서도
말이 도무지 통하지 않는다는 핑계로,
멀뚱한 표정이 혐오감을 준다는 이유로
냉엄한 문명의 코드가 축출신호를 보냈고

한바탕 큰 소동이 벌어진 뒤
현장을 감싸 도는 매캐한 총포화약 냄새
잠시 후 차별화의 잔인한 살기가 가라앉으며
서둘러 긴급 상황 종료를 타전하기 시작했어,

야생의 골짜기에서 밤공기를 뚫고 울려오던
음울한 곡성이 가까스로 잦아들고
휘황한 도시의 불빛도 차갑게 식어갈 무렵
사냥꾼의 도시는 문명의 일상으로 돌아가네,

한 때 감미로웠던 나의 골목길 카페에선
〈어린 왕자〉 애기꽃을 피우던 단골손님들이
슬픈 기색을 띤 채 떠나갔고,
한 무연고자 가족의 화장소식이
새벽 스마트폰 창에 샛별인 양 청승맞게 뜨네.

54. 세검정을 돌아들며

그 시절 한양 도성의 멋은
양반의 몸체와 영혼에 밴
사군자의 기품 같은 거였을까
먼 북방의 변경에서
오랑캐의 말 아킬레스건을
서슬 퍼런 검으로 끊어버리고
햇빛도 참혹한 눈을 가리던
선혈이 낭자했던 전투에서
승리의 개가를 부르며
귀환하던 위엄 있는 장수
안민의 도성에 들어서기 전
아직 피에 굶주린 장검의 기개
칼집에서 빼내어 씻으며
뇌리의 흔적도 함께 씻어야 할
거기 세검정이 있었다네,
그 때의 말발굽 소리 대신
무쏘 엔진의 거친 숨을 몰아
살벌했던 육질을 벗겨버리고
백성의 눈높이에 몸을 맡기고
여민동락의 예악에 발을 맞추어
물길처럼 세검정을 돌아들 제
창의문 너머 경복궁 근정전
옛 문무백관은 간데없건만
묵향에 젖은 인왕산 흰 바위벽에
한 줄기 눈부신 광휘 같이
무인의 검도 시문을 새긴다.

55. 환청 幻聽

가을의 전령사 귀뚜라미는
달밤이면 더욱 외로웠던
언덕 위 그리운 고향집을
노동요 부르며 메고 와
한 뼘 쌈지공원만한 우리 집
차가운 뜨락에 내려놓곤 했다

가을이 깊어 갈수록
더욱 무성했던 귀뚜리의 영가
밤새도록 사연을 퍼 날라도
조금도 귓가에 거슬리지 않고
외려 맑은 자장가처럼 좋았다

입동이 지난 어느 날 밤
문득 생각나 창문을 열어보니
귀뚜라미 소리는 온데간데없고
쓸쓸한 적막만 뜰을 배회했다

긴 밤은 점차 난조에 빠져
간간이 잠에서 깨어날라치면
숨죽인 귀뚜리가 베개 밑에서
늙은 아이 귀에 낯익은 듯한
교향악을 들려주는 것이었다.

56. 모닥불

활활 눈부시게 타오르던 불길,
함께 둘러앉은 동아리들 숲에서
쏟아지는 별빛 보다 더 총총했던 눈빛
겹으로 포개졌던 마음 하나, 둘
어둠속 별똥별이 스치고 지나간 자리
오롯한 눈빛 한 줄기 섬광처럼 밝았네,
꿈보다 더 황홀했던 낭만의 시간
오래 간직하고 싶던 한줄기 속삭임
못내 아름다웠던 모닥불의 향연
이제는 물길 따라 저만치 흘러갔네,
폭죽이 찬란하게 피었다지는
해변 숲길을 지나 돌아오는 길,
흰 머리카락 흩날리는 바람결에
문득 그 때 그 음성 들리는 듯하네,
가는 길 어디쯤서 만나볼 것만 같네.

57. 새벽 빛

너 어디에서 오니,
새벽 빛 이여
물동이를 이고
언덕을 올라오는 여인처럼
건강한 풍모를 풍기며
항시 일정하게 내게로 다가와
어둠의 사슬에서 풀어주는 너는
새벽마다 내 마음 속에
신선한 사과 꽃을 피워주고
너의 눈빛은 흰 쟁반 위
푸른 사과처럼 곱구나,
거룩한 신의 옷자락 같은
네 가녀린 숨결조차
내겐 무척이나 감미롭구나,
나타나는 것마다
한 송이 이슬 같이
곧 사라져 갈 운명이건만
대지의 텅 빈 시간을
고요히 흔들어 깨우는
밝은 종소리, 맑은 물소리

58. 치통

분초 마다 공격의 창끝에 찔리면서도
미안하기 짝이 없다는 생각이 들어
아픔소리조차 제대로 내지 못하고
긴긴밤 고통의 바다를 홀로 지나며
가혹한 고문을 달게 받기로 작심했다
젖 내 나는 치아를 간 뒤 숱한 세월
지금까지 묵묵히 갈아주고 씹어주며
때마다 맷돌질 챙겨준 충직한 청지기
유독 치아뿐만이 아니리라,
멀고 가까운 사람들에게도
실은 크고 작은 사랑의 빚을 지고
일상을 영위해왔다는 걸 아예 모른 채
덤덤히 지나온 많은 나날들
괘종시계만큼이나 의식했으랴
식탁에서 버릇처럼 기도를 드리며
매일 건성으로 양치질을 하고
정작 발의 고마움을 모른 채 발걸음으로
가파른 언덕길을 마을버스로 오르내리며
겹겹의 감사제목들을 깨닫지 못했으니
인간은 정말 꼭지가 덜 떨어진 종인가
정녕 그 우둔함을 한번 깨우쳐주려고
하늘은 깊은 밤 치통으로 오셨나보다
치아 하나가 온 몸에 경을 치고
채찍이 가해지며 불이 번쩍일 때마다
일상에 매몰되었던 길이 보였다.

59. 히말라야의 눈

만년설이어서 더욱
아아한 히말라야 영봉에
펄펄 쏟아져 내리던 눈이

신기하게도 아무도 모르게
우이동 산골짜기까지
발맘발맘 뒤좇아 와서

귀한 손님 온단 기별도 모른 채
고단하게 잠든 누옥陋屋
그 뜰 녘에 소리 없이 내려앉아
밖에서 한 밤을 지새웠나 보다

저 아득한 하늘 끝
머나 먼 길 행차하시느라
모든 것 버리고 내려놓고

느림과 빠름도 한데 엮으며
선함과 악함도 곰삭히고
높음과 낮음도 하나로 아우르며
편편이 내려와 기다리다가

햇살 눈부시도록 밝은 새 아침
이토록 온 세상을 발칵 뒤집어 놓고
마음속까지 그윽하게 에워싸는
가없이 자비로운 흰 손이여!

60. 비 오는 날의 오수

농부였던 아버지는
봄, 여름, 가을 없이
새벽부터 땅거미 질 녘까지
별로 쉴 틈이 없어보였다,

총총걸음에도 부족했던 시간
변변한 휴식이랄 것도 없이
점심 뒤 감나무 그늘 밑에 멍석 깔고
토끼잠 한 숨의 쉼이 고작이었다

어쩌다 비 오는 날은
하늘이 내려준 은총인 듯
심신이 흠뻑 젖는 듯 해보였다

하루의 일도 하늘 뜻에 맡기고
종일 처마 끝 낙수에 졸듯 깨듯
한가히 시조가락을 걸어 놓으셨다

그 유전자가 내 속에 흘러들어
영혼을 적시는 듯 비 오는 날엔
나도 모르게 젖어드는 여유

밀린 일감도 아예 잊은 채
뜨락 풀잎에 듣는 빗방울소리 따라
손때 묻은 시집 하나 펼쳐든다,

평소 일에 눌렸던 중압감도
비에 씻겨 사라진
새하얀 시간의 여백 위에
꿀맛 같은 자유, 뇌리에 젖어 들고

양심의 가책도 졸고 있는 한낮
스르르 낮잠 한숨 청한 들
거칠 것 전혀 없어 참 좋은 날
아, 오수午睡의 청한淸閑이여!

IV부

기억이라는 병

61. 기억이라는 병

크리스마스가 가까이 오면
내겐 또 이름 없는 병이 도진다네,
떠나버린 그가 새삼 그리워지고
그의 체온이 온 몸으로 느껴져
신열이 돋아나고
눈 오는 밤이 아닌데도
잠이 잘 오지 않는다네,
참 이상한 노릇이지
창밖에 매달려 문풍지처럼 떨며
칭얼대는 기억이라는 병
의식의 언저리에 옹송그리고 앉아
포근한 서가로 들어서진 않는다네,
떠나지 못하고 주위를 맴돌면서
그도 아프기는 마찬가진가 보이

62. 돈타령

내가 황소보다 힘센 돈의 위력을
어렴풋이 알아차릴 나이가 됐을 때
어머니의 낡은 돈주머니는
춘궁기의 쌀독마냥 항시 그렇게
핍절해 있다는 정황도 눈치챘다

벗들과 읍내로 단오구경 가던 날
파란 종이돈 한 장 더 달라고
투정부리는 또래들을 먼발치에서
나는 물끄러미 바라보았다

돈타령은 언제어디서나
섣불리 부를 나의 노래가 아니었다,
이미 떠나가신 아버지의 빈자리,
생각할수록 내겐 더욱 쓸쓸했었다

어머니가 쥐어준 흙냄새 묻은 돈
빈약한 무게에 마음 조이며
식욕 돋는 저자거리에서 눈요기로
허기진 시간 달래며 참고 견디다

뉘엿뉘엿 서산으로 해 질 무렵
문득 기다릴 어머니의 마음 떠올라
액면가의 반은 찐빵 몇 개 사고,
헌 동화책 한권도 사가지고 왔다

63. 감자밭 회상

옛날 감자심고 또 감자캐던
가난한 산자락 밭,
질긴 황토 빛 생명의 밭

나 오늘 흰머리를 이고
휘이 휘이 산모퉁이 돌아
그 밭 가슴 아우르는 산등성이
소나무 숲 푸른 그늘에 서네,

어릴 적 감자밭 풍경이
먼 해안선의 하얀 파도처럼
소리 없이 밀려오네,

밭이랑에 감자 눈 심을 때
어머니는 어린 생명을 품듯
정성을 쏟아 부으셨지

자주 꽃 흰 꽃 감자 꽃 필 땐
나는 동요를 부르며
밭가를 돌며 또 돌아
영글어 가는 감자를 북돋우었지

폭염 속에서 감자를 캘 때
어머니는 밭에 감춰진 보화를 찾듯
걸음마다 호미로 흙을 파헤치셨지

나는 그 발길 따라 가며
황금빛, 자수정 빛 감자알들을
가슴가득 주워 모으며 실은
반짝이는 시어詩語들을 줍고 있었지

어머니께서 아끼신 아들
감자 씨처럼 심기어져
사랑을 먹고 자라나 영글어
한 생명씨앗으로 보전되었다가

아, 나는 어느새
아들 하나, 딸 둘 사이로
다시 아들 딸 아홉을 보았구나,

하지만 그 옛날
고단한 감자밭에 나뒹굴던
수줍은 시상詩想들은 어딜 갔는고

64. 소슬바람과의 담소

고향집 문풍지에 기숙하던 소슬바람
어떻게 알고 찾아 왔는지
내 서재 창문에 와 기대앉았다가
우연히 서로 눈길이 마주치자
조금은 겸연쩍은 낯으로 싱긋 웃네,

고맙기도 해라
어서 들어와 손 좀 녹이고
국화차 한 잔이라도 함께 나누고 가렴
고향소식도 궁금한데........
올 같은 가뭄에
농심은 얼마나 타들어 갔을까

난 책상머리를 지키고 앉아
가끔씩 뇌리를 스치고 지나가는
아련한 시상詩想들을 추억하며
또 눈 덮인 알프스를 넘어
초라한 내 서가까지 따라온
괴테의 파우스트를 불러내 말벗 삼느라

사면의 벽에 둘러싸여 앉았으면서도
마음은 늘 그대처럼 떠돌아다닌다네,
실은 정처 없이 방황하다 보면
진리의 본체를 만날까 싶어........

65. 산불

꽃샘바람 매섭다고 깊은 밤
유성流星이 먼 산에 내려앉아
따뜻한 불씨를 지폈나 보다
밤낮 없이 타오르는 산불!
낮엔 아지랑이 사이로 희뿌연 하늘
치솟는 구름기둥,
밤엔 별빛도 희미한데
산등성이를 타고 기승하는 불기둥,
어느 별똥별의 실화失火였을까?
진달래꽃 길에 어린왕자 하나,
우수憂愁에 잠겨
시린 손 모아 호호 불며
어서 진눈개비라도 와야 할 텐데,
칼바람도 잦아들어야 할 텐데........

66. 모깃불

풀냄새 짙은 마당, 멍석 하나 깔아놓고
온 가족 한자리에 오순도순 둘러앉아
밤하늘에 총총한 별들을 헤아리며
얘기꽃 피우던 유년기의 한여름 밤

한 아름 건초더미로 모깃불 지폈다
매캐한 연기 자욱한 뜨락
모기도 식구들도 초연에 흠뻑 취했다

집집마다 피어오른 모깃불 짙은 연기
밤이 깊을수록 마을실개천을 따라
마치 소복 입은 여인의 춤사위 같은
한 줄기 연무가 은은히 흘러가곤 했다

초가지붕 둘러앉은 골짜기 마다
극성을 못 이긴 모기떼의 애곡소리
꽃상여 지고 가는 장의행렬 상소리 같은
기묘한 신세계 교향악을 엮어내었다.

한낮에 지쳤을 어미 소와 송아지도
아직 잠들기 이른 시간,
선잠깬 검둥이 뒷산 쳐다보고 짖으면
동네 삽살개들도 일제히 먼 산을 향해
덩달아 짖어대며 야음도 깊어갔다

별똥별이 찬연히 스치고 간 호수에
은하수가 아스라이 내려앉을 무렵이면
누군가 쏘아올린 인공위성 하나
옛날 동방박사들을 인도하던 그 별인가 싶어
좀처럼 잠을 이룰 수가 없었다,

숨죽이고 바라보던 소년의 눈이 잠길 무렵
모깃불도 밤하늘 별바다를 지나
한 나절 무더위의 노염마저 데리고
서서히 모항에 닻을 내리기 시작했다

67. 겨울 숲

숲에 겨울이 오면
흰 눈은 산더미처럼 쌓이고
한 여름 행복했던 시냇물도
두꺼운 얼음장 밑에 숨을 죽였다

앙상한 나무들만
칼날 같은 찬바람과 마주하여
맹렬하게 몸을 흔들며 버티었다

겨울 곤충채집은 무거운 방학과제
어느 날, 꼭꼭 숨은 곤충을 찾으러
우리들은 두 눈에 불을 켜 들고
눈 덮인 숲의 정적을 깨고 다녔다,

동산 겨울 숲에는
눈꽃이 하얗게 피었고
나뭇가지 사이로 지절대며 나르는
산새들의 지저귐이
한층 더 맑고 고요했다

새들의 발자취를 따라
고목의 낡은 껍질을 벗기다 보면
거기 숨죽이고 사는 작은 생명들
이름 모를 미물들이
놀란 듯 숨 가쁘게 발버둥 쳤다

호호 시린 손 불며 숲을 누비다
문득 그들을 감싼 겨울나무들이
목화솜이불처럼 포근하게 느껴졌다

어느새 우리도 그 작은 생명처럼
어머니의 품속 같은
따스한 손길에 둘러싸여 있었다.

68. 옛날 엿장수

어린 시절 시골마을에선
다 문드러져 더 걷잡을 수 없는
낡은 고무신 한 켤레가
마지막으로 엿 한가락 남겨놓고
어디론가 팔려가곤 했다

엿장수 가위질하는 소리
동구 밖 장승 옆을 지나칠 때면
벌써 적막했던 마을을 온통
벌집 쑤시듯 쑤셔 놓았다

때로는 헌 삼베적삼도,
묵은 먼지를 잔뜩 뒤집어쓰고
툇마루 밑을 지키던 나막신도,
거듭된 땜질에 이골 난 양은그릇도
엿장수 장단에 맞추어
떨어지지 않는 발걸음으로
마을을 떠나곤 했다

그 숱한 잡동사니들을 끌어 모아
숨 가쁘게 어르고 달래가면서
바깥세상의 푸른 꿈을 얘기하면서
엿장수의 등지게는 언제나
마을을 한 바퀴 휘 돌고 지나갔다

항시 엿장수가 오는 날엔
꾀꼬리 소리 하늘 가득 맑았고
바람도 포플러나무 밑에 쉬어갔다

엿 한 가락의 짧았던 순례길
그 땐 되풀이 되는 아쉬움이었지만
그 속에 깃들었던 기다림과 설렘
지금은 그지없이 소박한 그리움까지
내 마음의 강물을 타고 흐른다.

69. 사라호 태풍

그 해 고향마을을 휩쓸고 지나간
사라 호 태풍의 기억은
노아 때 홍수를 만난 듯 무서웠다

맑고 아름다웠던 작은 실개천이
짐승처럼 노하여 부르짖으며
검붉은 이빨로 방축을 물어뜯고
문전옥답 깡그리 집어삼키더니

연일연야 휘몰아치는 폭풍우 속에서
견디다 못한 삼림은 말갛게 벗겨지고
평화롭던 마을은 쑥대밭으로 변했다

불어난 물이 노도처럼 밀려들던 밤
우리 집 돼지새끼 열두 마리
어디론가 자취도 없이 사라져 버렸고
어미돼지는 종일 슬프게 울부짖었다

가엾은 돼지 등을 말없이 쓰다듬다
이윽고 물에 깊이 잠긴 길을 더듬으며
20리 밖 해안선을 찾아 나섰던 아버지
빈손으로 돌아와 푹 젖은 심사에
하염없이 담배만 말아 피우셨다

돼지새끼 몽땅 말아먹은 사라호 태풍

고목에 걸터앉아 산발한 머리채 흔들다
째려보는 내 눈빛을 조금은 의식한 듯
자리를 털고 쏜살같이 달아난 뒤
하얀 고요 속 무지개 핀 서녘하늘엔
붉은 저녁놀 유난히 뜨겁게 타올랐다.

70. 강아지풀

서울지하철제기역은 늘 시장사람들로 붐빈다,
약령시장을 끼고 사람들이 분주히 오가고
오늘과 어제 또 내일이 어우러져 돌아간다,

약령시장 쪽 벽면에 늘어선 약초진열장
평소엔 그냥 무심코 지나쳐 다녔는데 오늘
뜻밖에도 강아지풀 표본과 눈길이 마주쳤다
—아니, 쟤도 저기서 약초행세를 하나봐

어릴 적 뛰놀던 뒷동산엔
강아지풀이 유난히 많았다

강아지풀 한 줌 가득 뜯어가지고 놀 때마다
우리 강아지 하며 쓰다듬어주시던
할머니 손길이 와 닿는 듯 했던 감촉하며
익은 강아지풀을 쓰다듬으면 옛 냄새가
물씬 풍긴다고 가르쳐준 누나생각도 난다

진열장 유리 가림 막에 무성영화처럼
꼬리를 흔드는 복슬강아지 한 마리와
할머니와 누나의 얼굴이 얼비치고 사라진 뒤
잠시 멍하니 거기 서있는 내 모습도 보인다,

강아지꼬릴 닮았대서 일명 구미초狗尾草,
처음 들어보는 별명이지만 꽤나 친근히 들리고

종기, 악창, 옴, 버짐, 충혈에 좋단 표본설명서
왠지 가슴 뭉클하게 다가오는 듯하다

그려, 저만하면 개천에서 용 난거지
―귀하신 몸, 진즉 몰라봐서 죄송합니다.

71. 장수하늘소

고국을 등져버린 시리아 난민처럼
견디다 못해 정든 고향을 등진 장수하늘소
수배전단의 현상금은 어느새 1억 원
몸값이 천문학적으로 뛰어 버렸네.

돈맛을 모르던 그 시절 뒷동산 참나무 숲은
자연 그대로 장수하늘소의 낙원이었는데
그 청빈한 황금시대는 지금 다 어딜 갔는고

금잔디동산의 푸른 허리 동강나고
황토는 밑바닥까지 뿌리 뽑혀 팔려나간 뒤
벌거벗은 그 자리에 들어선 시커먼 굴뚝단지
더러운 욕망들이 판치는 세상 되어버렸네.

주위를 휘돌아 볼 겨를도 없이
  '잘 살아보세' 어쩌고저쩌고 하면서
잿빛 하늘도 아랑곳 않고 정신없이 달리더니
끝없는 탐욕의 참담한 말로를 좀 봐
번영 속에 말라비틀어진 영혼 없는 군상들

옛 신화는 깨어지고 새 우상들이 들어서
때늦은 각성 뒤 불안은 턱밑까지 찼건만
날로 점증하는 혼돈의 시대
허상을 쫓던 늑대들은 허공만 보고 짖네.

이미 엎질러진 시간 속으로
잃어버린 추억의 광채 나는 조각들
가끔 가슴에 그리움으로 밀려올 때마다
속에서 울려나는 둥 둥둥 복장 터지는 소리

저 멀리 구름언덕 너머
어느 원시림으로 떠나버린 장수하늘소

72. 밤꽃 필 무렵

집안의 기둥이었던 장정들을 하나 둘씩 찍어
치열한 남북의 전선으로 끌어갔던 6.25동란
휴전 된지 몇 해가 지나도록 돌아오지 않는,
생사조차 알길 없는 서방님이 꿈에도 그리워
홀로 남은 새댁들 오롯한 마음 정화수에 담아
먼 하늘 쳐다보며 애타게 빌고 있었다네,

새봄은 변함없이 돌아오건만
그리운 임의 소식 들려오지 않고
타오르는 마음의 빈자리 채울 길 없었다네,

6월, 이른 여름 밤꽃 피어오를 무렵이면
마루에 기대서서 홀로 쳐다보는 달
견딜 수 없는 외로움만 야속하게 자아냈다네,

화사한 밤꽃을 기롱하는 짓궂은 달이여,
네가 아는 진실의 실마리 한 올이라도 풀어
넌지시 귀띔해 주고 갈 수 있으면 좋으련만
굳이 빈 뜨락까지 찾아와 대청마루에 걸터앉아
소리 없이 머물다 황망히 떠나갈 게 무엇이냐

달빛 밝아 못 견디게 더욱 애타는 밤
밤꽃향긴 어찌 이리 짙어 잠 못 이루게 하는가,
숲에서 야음을 흔드는 부엉이 울음조차
실종된 고혼들의 애곡처럼 들리는구나,

달빛 부서지는 꿈길에 황금마차를 타고
꿈인지 생시인지 모르게 잠시 찾아온 정든 임
여민 옷깃 끓는 가슴 아쉽게 밟고만 가는구나.

73. 어느 날의 아버지

저녁이 깊어갈수록 식구들의 얼굴엔 절망의 빛이 어른거렸다. 아무도 말하려하지 않았지만 아버지의 병환이 돌아올 수 없는 강을 건너는 듯 했다. 주위의 눈빛들 절망에 젖어 있었다. 철부지는 시시각각 엄습하는 애통의 무게를 견딜 수 없었다.

죽음 앞에서 아무것도 할 수 없는 무기력과 피로에 짓눌려 홀로 사랑방으로 나와 그만 잠에 골아 떨어졌다. 얼마나 지났을까? 베개머리맡이 불길에 휩싸이고 꽝꽝 울리는 돌풍을 만나 소스라치게 깨어났을 땐 꿈이었다. 아버지는 철부지 아들을 두고 차마 눈을 감을 수 없으셨는지 참으셨던 눈물로 말씀을 대신하는 것처럼 눈가를 눈물로 축이셨다

그 때 막내는 첫돌을 지나지 않은 핏덩이에 불과했다. 네 동생을 부탁한다는 말을 차마 남기지 못하고 마른 목청 속으로 그냥 삼키기에 얼마나 고통스러우셨을까?

IMF 일격을 오지게 얻어맞은 동생의 식솔들, 집을 빼앗기고 다시 한 지붕 밑으로 들어왔을 때. 어머니의 은근한 근심을 나는 미처 눈치 채지 못했다. 어머니가 가시고 큰 누님마저 귀천한 어느 날 고향목욕탕에서 소금으로 양치질을 하다 문득 그 때의 아버지가 내게 하셨을 마지막 한 말씀이 핑하고 떠올랐다

신기하게도 아버지의 속내가 무성영화처럼 빨리 내 머리를 스치고 지나갔다. 그 때 내게 한 마디 말씀도 없이 표표히 떠나셨던 아버지의 음성이 아련히 되살아나 귓가에 쟁쟁하게 울리는 듯했다.

부랴부랴 밑천을 긁어모으고 보금자리 론을 보태 동생의 식솔들을 32평으로 떠나 보내던 날, 착잡하고 무거웠던 그 빈 둥지를 둘러보며 나는 아버

지께서 못 다하신 그 때의 아버지 마음과 어머니께서도 홀로 애를 태우셨을 깊은 한숨의 의미를 헤아릴 수 있었다. 성경책 속에 묻어두고 읽으면서도 미처 깨닫지 못했던 사랑하라는 말씀의 온기가 거기서 모락모락 피어오르는 것 같았다. 그 순간 오래 동안 멀리 떠나계시던 아버지가 호롱불을 켜들고 찾아와 내 서정의 샘 곁에서 짐짓 인기척을 하는 것 같았다.

비록 거북이 걸음걸이이었지만 어느덧 나도 가계의 아버지 마음자리에 닿아 선 듯한 느낌이 들었다. 슬픔과 기쁨이 교차하는 그 자리에.......

74. 어떤 사회상규

화롯가에서 불장난을 친 밤이면
어김없이 이부자리에 오줌을 쌌던 아이
오줌싸개가 된 어린아이라고
수치심도 모를 청맹과니가 아닙니다,
식구들 얼굴 어떻게 보나
이불 속에서 속마음 태우기도 했지요
단꿈에 겨워 오줌을 갈긴 어느 날
아주 불편한 어둠은 지나가고
새 아침이 밝아 올 무렵
어머니는 싸늘한 얼굴로 표변하여
까까머리에 키를 씌운 채
이웃집에 가서 소금 꾸어 오라고
매몰차게 등을 떼밀어 보냈지요,
아이는 옆집부엌 앞에서 말도 못하고
엉거주춤 서성거리다 별안간
머리위로 쏟아지는 뜨거운 소금세례를 받으며
부끄러움에 달아오른 빨간 얼굴로
흩어진 소금 한 움큼 얼른 주워 모아
황급히 집으로 달려와 끝내 서러워
어머니 품에 안겨 엉엉 울었답니다,
삽살개가 한바탕 요란하게 짖어대자
혹여 아동 학대인가 싶어 부랴부랴
눈을 부라리며 쫓아 왔던 아동복지법
사회상규인줄 알고 머쓱해져 돌아간 뒤로
밤이 두려웠던 소년에겐
어느새 고추가 붉어지고
자신감이 으쓱 솟아났다는 겁니다.

75. 그 때의 행복

어릴 적 고달팠던 보릿고개와
전쟁과 난리의 소용돌이도
나의 행복을 앗아가지는 못했다
아버지를 잃어버린 빈터에도
항시 따뜻했던 어머니의 손길
허기진 배를 움켜쥐고도
한데 어울려 슬픔과 기쁨
나눌 줄 알았던 수더분한 이웃들
새벽마다 곤한 잠을 깨워주던
구수한 산비둘기소리
웃음 띤 얼굴로 아침을 반겨주던
길섶의 민들레와 제비꽃도
항시 나를 즐겁게 해주었지만
진실로 나를 행복하게 해준 건
가파른 산등성이를 타고
넘어오던 봄소식 같은 것
아직 내 곁에 다가오지 않았지만
때가 차면 어김없이 펄럭일
밝은 소망의 깃발 하나
내 가슴 속에 늘 살아 있었기에

76. 빛의 발자국

간밤 분노의 광풍 휘몰아치고
내 아픈 영혼 속으로
두려움의 홍수가 밀려왔을 때
빛이여, 나는 날이 맞도록
그대를 향해 든 두 손 그대로
간절한 소원의 기旗를 올렸노라
깊은 강물 위로 내려앉는
조요한 푸른 달빛 같은
그 옷자락을 만지게 해 주오
검은 구름장을 뚫고 한걸음씩
가만히 마음안쪽 길로 다가오는
그 발자국소릴 듣게 해 주오

77. 가을의 귀촉도歸蜀道

장맛비가 끝날 때쯤이면
폭염이 찾아오리라
흔히들 예견하지만
귀뚜라미의 생각은 전혀 달랐어,

찜통더위가 기승하기 전
장마의 끝자락에서 선뜻 다가온
가을의 전령사 귀뚜라미
단지 가을을 알리고픈 게 아니었어,

새벽 교회당으로 가는 길
한 뼘만 한 쌈지공원에서
옆을 스쳐지나가는 발걸음을 향해
잠 못 이루던 봄밤의 귀촉도인양
애절한 목소리로 자꾸만 불렀어,

새벽기도에서 돌아오는 길
귀뚜라미의 쟁쟁한 속삭임이
일상에 찌든 내 영혼의 귀에
나지막한 울림으로 다가와
공명하는거야

– 귀뚤귀뚤 귀歸 도道르르……

78. 꽃신

첫 월급 타가지고 오던 날
꽃 대신 사들고 온 꽃신 한 켤레
단칸 셋방을 전전하며
홀로 뒷바라지 해 주시느라
고운 모양도 닳아 없어진
어머니의 가엾은 발 앞에
살며시 놓아드렸네
맨발로도 재 넘어 황톳길을
잘도 넘으셨던 어머니
화전놀이 갈 때에도 꽃신은
벽장 속에 어머니의 보물처럼
고이 자리를 틀고 앉았다
가끔 열어보는 어머니의 가슴에
환한 꽃밭이었더니 어느 날
홀연히 자리를 털고 일어나
먼 길 가시는 어머님 따라
꽃상여 타고 떠났네.

79. 환각

아침저녁 세면대 앞에서
두 손 가득 받아드는 세숫물
그 맑은 호수의 수면 위로
근엄한 얼굴 하나 떠오르네,

생시에 물건 아껴 쓰라던
낯익은 아버님의 음성이
귓전에 쟁쟁히 울려오는 듯하네,

가슴 깊이 파고드는 냉기에
시린 손 저려오는 날이면
더욱 그리워지는 그 음성

다가가 졸졸 흐르는 온수에
시린 손 살짝 담그면
가슴을 에워싸는 아버님의 온기
그 기침소리도 함께 들리는 듯

80. 연좌제의 추억

사방은 실존을 허무는 한계상황,
한번 걸려들면 종일 목 놓아 울어도
구원의 손길 미칠 수 없는 절망의 바다,
소리 없는 권력의 거대한 힘이라는 걸
영혼까지 갉아먹는 독충이라는 걸
내 젊음의 뒤안길에서 뜻밖에
그 쓴 잔을 마셔 보고서야 알았노라

아버님은 기피인물이셨다,
은둔생활에서 익힌 주역을 풀어 가끔
이웃들의 고단한 삶의 아픔 달래주시더니
어느 해 겨울, 몸 저 누운 자리에서
먼 이별을 앞둔 듯 철부지 아들에게
한 말씀 일러 주셨다:

　　"타고난 관운官運은 네게 없다만
　　책 속에 길이 있으니
　　부지런히 배우고 익혀라......."

그 길을 따라 각고 끝에 다다른 등용문,
연좌제 장벽에 막혀 오도가도 못 할 때
유난히 불순했던 오뉴월 서리는
누대의 소망이던 우리 집 근간을 헌 뒤
젊은 날의 꿈도 산산이 부수어버리고
온갖 나라와 세계에 대한 신뢰마저

한 가닥 연민도 남김없이 앗아가 버렸다

사춘기의 비탈길을 지나는 동안
꿈길에서도 늘 저만치 비켜 지나치시더니,
청년기에 들어 잔인한 연좌제의 수레타고
치열했던 삶 한복판으로 찾아오신 아버지,

이제 황혼의 시간에 이르러 모든 것
다 비우고 다 내려놓고 뒤돌아보니
지금은 흘러가 버린 젊은 날의 삽화
그 때의 아픔마저 그리운 추억인 것을

V부
이름 없는 별

81. 첫서리

새벽녘 첫서리를 밟으며
집을 나서는 길은
걸음마다 저만치 아득하다.

밤새 피어오른 연무로
마을은 한줄기의
허리띠를 두르고
바람결마저 한결 쌀쌀한데

추수가 끝난 벌판,
만나처럼 생긴 첫서리가
하필 내 안뜰에도 내려앉아
이토록 따뜻한 호의를
베풀겠다는 말이냐.

상강 무렵이면 어김없이
하얀 명주치마를 입고
어머니의 대지에 내려와
내 마음에 잠깐
머물다가는 너는
필경 하늘의 전령사이러니

지금 나는 너의 문 밖에 서서
조금은 조심스레 묻노니
내속에 돋아난 추상같은

서릿발을 들추어낼 심산이냐
아니면 통념의 세계를
훌쩍 뛰어 넘어 시방
내게 사랑의 불을 지필 셈이냐

문득 교회의 새벽종소리,
내 기도는 언제나처럼
의문의 갈림길에서
하늘 길 좁은 문을 향해 걷는다.

82. 비

흙에 목숨을 건
척박한 생명들의 신음을
어진 하늘이 들으셨나?

오랜 여름가뭄 끝
마른하늘에 폭풍 휘몰아치고
무거운 북을 둥둥 울리며
달려오는 말발굽소리

눈물처럼 듣기 시작한
빗방울 하나 둘, 마침내
가파른 하늘 길을 타고
깡마른 대지 위로
폭포처럼 뛰어 내린다

높은 데서 낮은 데로
자신의 온 몸을 던져
시들은 풀 한포기 생명 고이는
인자하기 그지없는 단비

선혈처럼 낭자하게 부서지는
잔인한 마음, 마침내
한 영혼의 탕약으로 빚어져
긴 목마름을 재우쳐 품나니

대지의 신원을 달래주는
비는 희생,
비는 내리사랑이다

83. 벼이삭

가을 햇살의 무게 알알이 입에 물고
숱한 새벽과 저녁, 달과 별의 마음도
곱게 빚어 간직한 채
장엄히 고개 숙인 벼이삭

이른 봄부터 풍파 많은 광야를
또 시련의 세월을
묵묵히 참아 견디어 온 것은
한 톨의 영근 생명을 잉태하기 위함이니

찌는 삼복더위에도
옷고름 하나 흩트리지 않고
한결같은 정성으로 숨결모아
생의 절정을 향해 곧게 달려 온 너,

소슬바람 부는 계절의 문턱에서
깊은 속내 가슴에 묻어두고
진종일 누굴 기다리며
또 무얼 그리 골똘히 생각하느뇨?

벌거벗은 생명들의 밝은 웃음을 위해
내실內實의 곳간마저
몽땅 내어줄 심산으로
이제는 다 털고 다 내려놓고
가을걷이를 기다리는 벼이삭

84. 이름 없는 별

고귀한 영혼 속에 거처를 두고
어둔 밤이면 더욱 환히 불타는 별은
나름대로 이름을 지닌 별이거니

이름 없는 별이란 실로
찬연한 별 바다에서
기억상실의 암초에 걸려
궤도를 벗어나 실종된 잔별이거나

아니면 열대우림의
치열했던 전투에서 산화한 용병처럼
명멸된 지 오랜 별똥별이거나

아니면 까마득한 먼 옛날
동방박사들의 발걸음 인도하던
베들레헴 밤하늘의 큰 별 빛날 때
그 기이한 광채도 눈치 채지 못하고
깊은 잠에 취해 지금껏 깨어나지 못한
가련한 아기별이겠네.

〈신은 뭇별에게 이름을 주셨으나
천지엔 그것을 망실한 별도 많다〉

85. 수렁

너, 지옥으로 통하는 문이여!

고국의 구불구불한 다랑논에서
보헤미아벌판의 타작밀밭에서도
하마처럼 탐욕의 아가릴 벌리고
거침없이 끓어오르고 있으니........

허기진 배 채울 길 없어
곧잘 눈물 내비치는 악어 같이
덫을 파고 숨은 개미귀신 같이
먹잇감 사냥에 혈안이 된
너, 괴악한 위선의 앞잡이여!

죄악의 심연 주변으로 둥글게
고작 깡마른 나무토막 몇 개
십자가마냥 어깨를 걸고 둘러서서
아무도 가까이 오지 말라하시네

86. 낙조

눈으로 들어오면 진실이었네
느낌으로 만져보면 온유였네
하늘길이 저토록 가슴 설레게
끝없이 황홀할 수만 있다면야
참 소중했던 한 때의 황금기가
당장 눈앞에 다시 펼쳐진대도
나는 미련 없이 눈을 감은 채
천길 낙조 품속으로 뛰어들리.

87. 할머니의 길

속을 끓이면서도 종신토록
말없이 홀로 걸어 가야하는 길
속내를 밖에 쏟아놓을 염도 못하고
참아 오래 두고 삭혀야만 했던
할머니의 간고한 꼬부랑고갯길에는
쭈글쭈글한 밤송이 발에 채이고
등 굽은 얼룩소가 쓸쓸히 지나가고
쪼그라든 고욤열매 떨어져 밟히고
길목으로 향한 창문들도 닫혀있었다
엿 한가락만큼의 관심에도 못 미칠
모진 운명이란 이름의 박토는
인권도 명예도 얼어붙은 툰드라
그 빈약한 이름은 대한노인회에도
주부클럽이나 여성유권자연맹에도
들어앉을 자리가 없다는 것이다
이 땅에서 할머니란 이름의 삶은
노인의 큰 길로도 갈 수 없고
여성의 푸른 숲에도 들지 못한다니
어느 위풍시린 옥탑 방 백열전구 밑
생일도 이름도 알 수 없는, 단지
몸에 밴 체념으로 야윈 초상화 한 점
모성의 정체성마저 흐릿해진 저녁
고독의 끝을 바라보고 있었다.

88. 날씨가 수상해

잿빛 하늘에 밀려드는
먹구름이 심상치 않아 보인다.
새아침 동녘에 떠오르는 태양을
충이 갉아먹어버렸다는 소문이다
별들의 세계에 큰 전쟁이 일어나
해가 녹아내리고 달이 기울고
성좌들이 우수수 바이칼호수에 떨어지며
하늘의 한쪽 축이 흔들리고 곧 어디선가
천지개벽이 일어날 거라는 풍문이 떠돈다,
새벽을 깨우던 작은 새들도 예사롭지 않게
나뭇가지 사이에서 무언가 불길한 소문을
가라앉은 목소리로 은밀히 소곤거린다,
이윽고 까마귀가 슬피 울며 날아간다.
안테나를 하늘 높이 치켜세운 나무들은
어둠의 음모를 대충 알아챘지만
신중하게 발설을 삼가는듯하다
날씨가 수상해 보인다.

89. 시간 소묘

한때 좋았던 광업이 기울어 질 무렵
활기찼던 산촌은 빛과 노래를 잃고
흉물스런 폐광들의 적막강산 외로운데
쌓인 빚더미 속 폐쇄를 앞둔 산골정거장

안간힘을 다했지만 점점 인적은 사라져
퇴출되어야 할 운명의 시간표를 들고
녹슨 철로를 따라 마지막 기차가 온다.

도착신호를 알리는 기적이 울리고
빛바랜 기를 들고 마중 나온 늙은 역장
젊은 날 디 오픈 챔피언십을 석권했던
니클라스의 은퇴경기장면이 떠오른다.

만감이 교차하는 시점에서 그는
낡은 손목시계를 들여다보고 섰지만
초침은 쉬지 않고 앞으로만 간다.

깃발은 향수에 젖어 바람에 펄럭여도
시간은 머물려고 되돌아오지 않는다.

아름다웠던 추억을 불러오고
아픈 기억을 지우기도 하며
가야할 길을 재촉하기도 하는 시간이지만
숨 쉬는 순간만큼 값진 것 더 없었으리.

기관차의 심장도 언젠가는 멈춰 설 테지
그 박동 멈춰 거룩한 안식에 드는 순간
한 점 미련까지도 마그네슘처럼 타오르겠지

숨 가빴던 이 땅의 달음박질 모두 끝내고
세월의 파도를 넘어 하늘나라에 드는 날
대지의 시간은 무상함을 슬퍼하지 않으리.

90. 불안 2

전원을 켜고 잠깐 대기 중
화면이 열리면서 먼 바다가 떠오르고
어느새 익숙해진 내 컴퓨터에서
한번 클릭하면 푸른 파도가 일렁인다,

내 문서를 두 번 클릭하면
천진난만한 수많은 사념의 포말들이
햇빛 찬연한 해안의 서가에서
황금모래알처럼 눈부시게 빛난다,

발효 점을 지난 달콤한 머루알들이
참나무통에서 숙성의 때를 채우듯
숙성을 기다리는 알토란같은 내 시편들

더러는 인사청문회에 불려나와
몹시 군박했던 공직후보자들의 변명처럼
끝내 쓰레기통에 버려질 모조품하나처럼
구토를 불러일으킬만한 결점도 보이지만

어쩌다 옥동자인양 애착이 커 갈 무렵쯤
문득 가슴을 파고드는 꼬리가 긴 불안감

망을 뚫고 들어온 해커들이 휘젓고 가면
혹 악성 바이러스에 걸려 쑥대밭이 되면
무슨 수로 날아간 기억들을 되살린담,

평온의 밤을 느닷없이 흔들어대는 불청객
빨리 곳간 가득한 시편들을 시집보내야만
스르르 꿀잠이 쏟아질 것 같은 깊은 밤
드롭박스란 놈이 옆에서 태연히 웃는다.

91. 바위산을 오르다

가파른 바위산을 오르다
바위틈에 핀 작은 꽃을 만났다
장하게도 집하나 참잘 마련했구나.
머슴아이 머리 쓰다듬듯 말을 건넸다
맑은 바람에 고개를 갸우뚱하며
하얀 웃음만 피우는 꽃
하산 길에 다시 보니
그건 꽃이 아니라 구도자를 빼닮았네.
깊은 묵상에서 잠시 깨어난 듯
저 만치서 어진 손을 흔들고 있는
거기, 주인은 그대로 머물러 섰고
어설픈 객은 한줌 깨달음 안은 채
아쉬운 발걸음을 재촉하는구나.

92. 백두산천지를 오르며

하늘 문과 맞닿은 백두산천지
남녘으로 길게 늘어선 돌계단을 타고
경건한 마음으로 올라가고 있었다.
내 안에 거하던 또 다른 내가
바람과 풀숲에 감추어진 악보를 따라
귀에 들리지 않는 낮은 소리로
푸른 마음의 노래를 부르고 있었다.
음계를 따라 송신하는 자연의 음파
잘 생긴 짐승의 몸매를 쏙 빼 닮았다
아무도 없는 거기 고요만이 흐르고
고요 속에 수신되는 먼 별나라의 신호
내 안에 아직 낯선 상대인 그가
말문을 트고 은밀한 신호를 보낸다.
일생에 한번 교신되는 영혼의 소리
보이는 것만 보고 들리는 것만 듣던
일상에 찌들어 아주 범속해진 나에게
또 하나의 나는 이제 자유인이 된 듯
여남은 일들이 별 볼일 없어 보인다.
은밀한 교신도 이젠 필요가 없을 듯

93. 재래시장

어쩌다 시장을 한 바퀴 휘돌아 들 때면
바구니 한 아름 가득한 장거리만큼이나
사람냄새 물씬 풍겨나는 흥정의 결실이랑
보이지 않는 공평한 손의 절묘한 솜씨도
웃음 가득히 덤으로 안고 오나니

새벽기차를 타고 산지에서 곧장 올라온
살아있는 듯 싱그러운 과일과 채소들
열병식처럼 좌판진열대에 나란히 섰고
계절의 미각 돋우는 상인의 걸쭉한 입담
가는 발걸음을 붙잡고 놓아주지 않네.

떠밀리듯 흥정은 마지막 한판에 끝나고
그가 친절히 담아준 검정비닐봉지
집으로 돌아와 하나 둘 풀면서 놀란다.
고운 얼굴 두 개에 못난 얼굴 하나 꼴로
정교하게 발을 맞추어 팔려온 상품들

거스름돈은 제대로 챙겨온 걸까
황급히 손지갑을 열어보고 눈이 동그래진다
만 원짜리 한 장 더 묻어와 빙긋 웃고 있다.
분명 보이지 않는 손의 조화일까

늘 속지 말아야지 되뇌이면서도 버릇처럼
이따금 재래시장바닥을 한 바탕 누비는 건,

미상불 질박한 인간시장 어딘가 숨어있을
묘한 속마음의 색상들과 가끔 대면하고 싶고
또 잘 보이지 않는 그 손도 만나고픈 게지

94. 불량 국가

불길한 공포를 은밀히 제조하는
아주 불량한 굴뚝들이 늘어선 동토
시커먼 버섯구름이 피어오르고
억압과 착취를 일삼는 권력의 무한궤도
헐벗고 굶주린 백성들이
짓밟히고 터지며 두려움에 떠는 곳
이웃나라의 공항과 철도역에서
또는 공중밀집장소 어디서나
은밀한 살인, 폭탄테러를 일삼는가 하면
자유의 혼이 고개도 들지 못하게
무서운 전쟁소식을 영일 없이 퍼트리며
바다에서 또는 우주공간으로
장거리 불화살을 쏘아올리고
가공할 살상무기를 만지작거리는
오, 평화를 위협하는 불량국가들
그런데 비록 악의 축이라 해도
통치가 송두리째, 법이 아예 실종된
극한의 무정부상태로 치달은
어느 실패한 국가보단 괜찮은 걸까

95. 붉은 4월

해마다 4월이 오면
영산홍 보다 더 붉은 핏빛 제단 위에
채 피지도 못한 채 스러져 간 꽃들
휴화산의 심장을 뚫고
용암처럼 솟구쳐 오른다.

견고했던 권력이 비틀거리고
밤낮도 뒤 바뀐 벌거벗은 거리엔
포탄보다 무서운 자유의 함성이 터지고
둑이 터진 저항이 쓰나미로 밀려들었다

잔인한 총구에 피 끓는 함성으로 맞서
목 놓아 진실과 정의를 외쳐 부르던
대로를 뒤덮었던 맨 주먹 뿐인 들풀들

그날 뜨거웠던 그 거리엔 어느 덧
의거란 이름의 영광마저 광풍에 휘말려
기억에서 점점 멀어져가는 듯

얼마나 크나큰 우상들의 탐욕이기에
무서운 피바람 거듭 불어와야만했던가

해마다 붉은 꽃 화사한 4월이 오면
꽃잎마다 토하는 피의 절규에
신열이 나고 나는 그만 몸져눕는다.

96. 인종 차별

뿌리 뽑혀 쇠사슬에 매인 채 먼 항해 끝
마치 노동만을 위해 거래되는 노새처럼
이름도 없이 노예시장에 끌려나온
윤기 흐르는 피부와 근육질뿐인 토인들,

약탈자의 땅에서 울부짖지도 못하고
더욱 슬프기만 했던 지난 세기의 영혼들,
유산은 마음에 깊은 상처로 남아
차별의 과거는 그냥 지나간 게 아니었다,

인종폭동이 휩쓸고 간 증오의 거리엔
사람답게 바로서서 걷길 바랐던 열망
휴지처럼 바람에 휩쓸려 지나가면 그때 뿐

사방이 편견으로 덧칠된 절벽에 갇혀
다시 오가는 발길에 뒤채이며 조롱받으며
사람대접 받는 인격이 되기 힘들었구나.

인권이란 본디 인간의 자명한 권리였을까
멍에 멘 노예의 처절한 저항의 열매였을까
또는 목숨 걸고 피 흘려 쟁취한 보화일까
아니면 막다른 골목에서 할 수없이 내어준
힘센 문화제국주의자들의 알량한 시혜일까

97. 도둑이 제 발 저려서

도둑이 도망치다 다른 도둑한테 당했대,
백주의 노상, 피 터지는 싸움판에서
목숨 걸고 운 좋게 건져 올린 보석반지를
부뚜막에서 구운 생선 한 토막 본 듯
다른 도둑이 날렵하게 낚아 채 갔다는 거야
가슴 아픈 건 그 도둑 좇던 신사만이 아니었대,
처음 신사의 보석반지는 뇌물로 받은 거래,
빼앗긴 신사와 낚아챈 도둑에게도 참 묘하게
그건 그날 저녁 부인에게 줄 생일선물이었대,
서로 물고물리는 도둑질은 꼭 도깨비장난 같아서
막판에 들고튀는 놈이 장땡이라는 거야
눈앞에서 도망치는 날도둑을 보고서도
도둑도, 좇아오던 신사도 제 발 저린 데가 있어
"도둑이야!" 소리치지도 못하고
장승처럼 멀뚱하니 서서 벙어리 냉가슴 앓듯,
애꿎은 발만 동동 굴렸다지 뭐여

98. 화개장터에서

중동순방 중 우리대통령이 카타르국왕과
금빛 나는 낙타요리 정찬을 나누던 그 무렵
우리는 화개장터 구석구석을 누비다
어느 허름한 장국밥집으로 들어섰다

방벽에 붙어있는 메뉴판 하나
쇠고기국밥은 호주산,
돼지고기국밥은 국내산,
객기로 주문한 쇠고기국밥인데
그 장국밥에서 캥거루 냄새가 나는 것 같다

아주 먼 옛날엔 조선팔도 객주들이
이곳에 모여들어 한 밑천을 움켜잡았다는데
어느 오지랖 넓은 객주가 호주산 쇠고기를
먼 길 마다않고 여기까지 날라 왔단 말인가,

영호남을 잇는 섬진강나루터를 지나
어느새 세계 속 장터로 변한 화개장터
세태는 변해도 맛과 인심만은
그래도 옛 맛 그대로가 좋은데
된장 풀어 맑게 우려낸 전통장국이
미감의 추억으로 삼삼히 떠오른다.

99. 평사리 최판서 고택에서

글벗들이 온통 최판서의 고택에
정신을 팔고 있는 사이, 나는
꽃샘바람 이는 옛 뜰에 옹송그린 채
아직 피지 않은 한 그루 매화떨기에서
맺힌 눈물 금방 토할 듯 탱탱하게 괸,
마치 다 피지 않은 채 그냥 떨어질 듯한
고아한 자태의 매화 한 송이를 만났다,
서방님의 봄볕 같은 굄을 흡족히 받아
한때는 풍요로운 문전옥답 같더니
이젠 열매 맺기 어려운 박토가 되어
별당에 고운 새아씨 들여 놓았으니
신첩에게 쏟았던 사랑만큼 아낌없이
별당새아씨한테 쏟으시라고
묵향 그윽한 사랑채에 다소곳이 들러
애잔한 이별 고하는 안방마님 같은........

100. 지리산 노고단의 꽃샘바람

난생처음 노고단에서 낙조를 맛볼 셈이었다.
하지만 어디선가 꽃샘바람 황급히 달려와
서쪽 하늘에 먹구름 무섭게 불러일으키더니
온 천지에 돋은 봄기운도 바짝 얼어붙었다.
여기까지 좇아와서 분탕을 치고 갈게 뭐람
웬 심술인가 싶어 심기가 여간 불편했더니
저물녘 산허리에 걸린 샛별이 귀띔해 주었다.
늘 한 쪽으로만 치우친 생각 곧게 펴 주려고
모자까지 날려 보낸 내 골통 힘껏 쳤나보다
세상의 지식을 좇아 뇌리에 꽉 박힌 편견들
털고 바로 잡으려 비상한 입김까지 불어넣어
마음 한구석에 불 밝히고 환히 비쳐 주려고
아, 실존의 뿌리까지 그렇게 흔들었나보다

'빛 속에 살아 움직이는 세미한 생명언어들'
― 김일수 시인의 시세계

백 운 복

(문학평론가, 서원대 명예교수)

시는 감동으로 말한다. 감동으로 다가서지 못하는 시는 결코 진정한 시, 적어도 좋은 시일 수는 없다. 우리가 시를 읽고 감상하는 것은 각자 다른 다양한 이유가 있겠지만, 결국은 새로운 감동에 대한 기대와 체감 때문일 것이다.

우주의 모든 대상과 현실은 항상 무한한 형태로 열려 있으며, 시인의 서정과 인식에 의해 언제나 새롭게 매듭지어지기를 기다리고 있다. 시의 세계는 곧 이 새로운 매듭짓기와 그것의 구체화이며, 독자는 그 매듭을 풀어가면서 놀라운 감동을 체험하게 된다. 설령 시인과 독자의 소통이 현실적 삶의 시간과 공간의 거리 때문에 온전하게 일치될 수 없다고 하더라도, 인간이라는 공통점과 언어라는 공유체계가 함께 하는 한 공감과 감동은 어떤 방식으로든지 이루어진다.

그렇다면 어떤 시가 좋은 시인가. 시의 어떤 부분이 우리에게 감동을 주는가. 아마 이 문제는 시대에 따라 개인의 문학관에 따라 매우 다양한 이견이 있을 것이다. 어쩌면 그동안의 시에 대한 연구나 평론은 바로 이 문제에 대한 기준을 찾는 역사라고 해도 과언이 아닐 것이다. 분명한 것은 한 편의 시를 구성하고 있는 요소들에 주목하여 그 기준을 설정한다는 것이다. 그 요소들은 대체로 시어, 운율(리듬), 이미지, 시적 화자, 주제, 구조 등의 용어로 설명되어 왔다.

1.

　김일수 시인의 제2시집 『너와 나 사이』에 수록될 시작품들은 100여 편
이었다. 출간되어 세상에 나오기 전에 우선적인 독자가 된다는 것은 그 자
체로도 떨리고 감사한 마음이다. 그만큼 작품 한 편 한 편을 조심스럽게 독
서하게 된다.

　수차례 정독하면서 전반적으로 들게 된 첫 느낌은 아직 원숙하게 정제되
지는 않았지만, 많은 작품들이 감동적인 시가 갖추어야할 요건이 무엇인지
를 잘 체득하고 있다는 사실이다. 특히 시집의 첫 번째 작품으로 선택한
「1. 계곡」은 김일수 시인의 시적 역량을 충분히 보여주는 대표작이다. 이
작품은 이어지는 나머지 99편의 작품을 마치 진두지휘하듯이 이끌고 가는
주도 악구 Leitmotiv의 역할을 하고 있다고 보인다.

　　　　독수리 하늘 높이 떠올라
　　　　소리 없이 맴돌다 가는 곳
　　　　한때 뜨거웠던 생명의 바다에서
　　　　화석으로 빚긴 계곡은 고독하다
　　　　만년 이끼 낀 절벽 사이로
　　　　대지를 흔들던 공룡의 울음소리
　　　　귓가에 아련히 들리는 듯
　　　　억만년세월 하루같이
　　　　긴 목 뽑아 비상을 꿈꾸는
　　　　만상의 바위들, 구도자처럼
　　　　서서 움쩍도 하지 않으니
　　　　아, 다시 언제일까
　　　　활활 타오르던 바다가 뿌리 채 뽑혀
　　　　우뚝 솟아오른 산이 되고
　　　　철철 철 흘러내리던 산이
　　　　바다 속 깊은 골짜기로 화하는 날은
　　　　아주 먼 훗날,
　　　　오리라던 천지개벽의 0시
　　　　하늘에서 나팔소리 울리면

계곡은 구천까지 날아올라
황금날개를 펴고 포효하리.

　　— 「1. 계곡」 전문

　이 작품은 제재의 선택에서부터 이미지의 조형이나 유기적 구조성 등 좋은 시가 갖추어야 할 요건을 잘 겸비하고 있다.
　우선 이 작품의 처음 두 행("독수리 하늘 높이 떠올라/ 소리 없이 맴돌다 가는 곳")과 마지막 두 행("계곡은 구천까지 날아올라/ 황금날개를 펴고 포효하리.")이 서로 유기적으로 상관되는 시적 결합은 이 작품을 무한의 시간과 공간으로 펼쳐내고 있다. '독수리'가 소리 없이 맴돌다 가는 계곡이, 마침내 독수리가 날아오른 '구천'까지 날아올라 '황금날개를 펴고 포효' 하고 있는 형상이다. 이 얼마나 절묘한 화합이며 무한의 시공간 구축인가. 아울러 바다가 산이 되고 산이 다시 골짜기로 화하는 서정을 통한 매듭과 시적 인식은 얼마나 놀라운 신화적 시간과 공간의 창조인가.
　이 작품에 선택된 모든 제재들은 생명의 바다와 비상의 이미지로 결합되면서 '억만년 세월'과 '천지개벽의 0시'로 연결되고 있다. 이는 곧 우주의 모든 것들을 동일한 시간과 공간 속으로 통합시킨 형상이다. 또한 "억만년 세월 하루같이/ 긴 목 뽑아 비상을 꿈꾸는/ 만상의 바위들"이라든지, "활활 타오르던 바다가 뿌리 채 뽑혀/ 우뚝 솟아오른 산이 되고/ 철철 철 흘러내리던 산이/ 바다 속 깊은 골짜기로 화하는 날"과 같은 부분에서 보여주는 감각적 비유나 이미지의 조형은 이 작품의 우수성을 뒷받침하는 훌륭한 증거들이다.
　김일수 시인은 그만큼 세심하게 제재와 시어를 선택하고 있으며, 개성적이고 신선한 이미지 조형에 노력하고 있다. 한 편의 시는 모든 구성요소들이 유기적으로 상호 연결되어 구조적 통일성을 유지함으로써 비로소 완결된 통일된 전체, 즉 작품이 된다. 이것은 시를 창작하는 자가 결코 잊지 말아야 할 기본이기도 하다.

2.

김일수 시인은 칠순七旬을 목전에 둔 2014년 월간 『모던포엠』 신인상을 통해 세상에 시작품을 처음으로 발표하기 시작했다. 당선소감에서 그는 "젊음의 한때 시를 무척이나 좋아했지만, 시와 떠나 살던 대부분의 세월을 법과 정의를 위한 정신적 논쟁의 각축장에서 보냈다."며 삶의 여정을 회고하고 있다. 이어서 "나는 그곳에서 마치 지원병처럼 전선을 따라 동분서주하다가 비로소 인생의 황혼이 깃들 무렵에야 낯선 집으로 돌아온 느낌"이라고 술회하고 있다. 그의 내면의 목소리를 따라간다면, 어쩌면 그는 세상에서 말하듯이 '형법학자에서 시인으로' 변한 것이 아니라, '시인에서 시인으로' 귀환한 것이다.

세상적 삶을 살아가면서도 언제나 가장 깊은 내면에 시에 대한 그리움이 어머니요 고향처럼 시인을 맴돌고 있었다는 것을 실제로 작품으로도 보여주고 있다.

> 아직도 그의 서정의 샘은
> 유난히도 얼굴이 붉었던
> 유년기의 뜰에 머물러 있었다.
> 척박한 생존의 광야에서
> 기막힌 운명처럼 엄습한
> 모래폭풍에 휩쓸려 날아간 뒤
> 망각이 통치한 아픈 기억의 샘 근원
> 잊힌 듯 오래 잠들었다가
> 꿈길 속 머나먼 미로를 돌아들어
> 우연히 다시 찾은 유년의 안뜰,
> 거기에 한 떨기 난초처럼
> 고독한 시심이 하늘거리고 있었다.
> 다시 찾은 서정의 우물가에 앉은
> 나의 금빛 날개여, 날아가지 마라
> 행여나 황홀한 꿈이라면
> 절대 날 깨우지 말아다오
>
> ― 「14. 어느 시인의 간절함」 전문

‘유년기의 뜰’에 머물러 있는 ‘서정의 샘’은 유년시절 가졌던 시에 대한 꿈을 자연스럽게 상기시킨다. 어쩌면 이 작품은 앞의 당선소감에서 술회한 시인의 생각을 그대로 시로 형상화 한 것이라고 할 수 있다. “척박한 생존의 광야에서/ 기막힌 운명처럼 엄습한/ 모래폭풍에 휩쓸려 날아간 뒤” 잊고 살았던 유년기의 뜰을 아프게 체감하고 있다. ‘어느 시인의 간절함’이라는 시의 제목처럼 다시 찾은 유년의 안뜰과 ‘서정의 우물가’에 앉아 있는 화자의 모습은 곧 시인의 모습으로 다가온다.

　다음 작품은 시인의 시에 대한 관점, 특히 한 편의 시가 탄생하기까지의 과정을 잘 표현한 작품이다.

> 오랜 기다림 끝에
> 마음의 창문으로
> 한줄기 빛이 스며오네
>
> 어두웠던 창가에
> 밝은 책상 하나
>
> 거기 다듬은 돌 판과
> 철필 한 자루 함께
> 가지런히 놓여 있었구나.
>
> 고요한 밤하늘에서
> 비를 타고 눈물에 젖어
> 내려오는 빛 소리
>
> 가만히 귀 기울이니
> 빛 속에 살아 움직이는
> 세미한 생명언어들 있어
> 소곤거리며 다가오는구나.
>
> 아무것도 꾸밈없이

무념무상의 돌판 위에
아주 자연스럽게
풀어 놓으라 하네,

그 철필 휘어잡고
그냥 붓 가는대로
새겨 넣으라 하네.

  ─「7. 시와 시인 3」전문

   책상 위에 가지런히 놓여 있는 '돌판'과 '철필 한 자루'의 제재는 마치 구약성서에 등장하는, 원래 두 개의 돌판에 새겨졌었다는 '모세의 십계명'을 연상시킨다. 그만큼 시창작은 거룩하고 숭고한 행위라는 믿음을 함의한 것이리라. 1연부터 3연까지는 정적靜的인 이미지로 구축되다가 4연과 5연은 동적動的인 이미지로 활성화되고 있다. 이는 정중동이라는 시의 창작과정을 상징적으로 표출한 모습으로도 볼 수 있다. 특히 3연과 4연은 「1. 계곡」에서 보여준 김일수 시인의 시적 역량인 고도의 시어 선택과 이미지 조형을 그대로 다시 느낄 수 있다. "고요한 밤하늘에서/ 비를 타고 눈물에 젖어/ 내려오는 빛 소리"는 서정과 인식을 통해 시가 착상되고 형상화되어가는 과정을 상징적으로 표현한 것이다. 어쩌면 시는 억지로 조탁되는 것이 아니라 "오랜 기다림 끝에/ 마음의 창문으로/ 한줄기 빛이" 스며오듯이 아주 자연스럽게 다가오는 것이라는 시인의 작시법作詩法이 담겨 있는 작품이라고 할 수 있다. 곧 그 "빛 속에 살아 움직이는 세미한 생명언어들"이 시인이 믿는 시의 모습인 것이다. 이 평론의 제목으로 필자는 많은 고민을 하다가, 마침내 김일수 시인의 시세계를 함축적으로 대변할 수 있는 키워드로 바로 그의 시 속에 담겨 있는 그의 언어, 곧 '빛 속에 살아 움직이는 세미한 생명언어들'을 선택했다.

풀잎이슬 입에 머금고
낚시 줄에 실려 오는

가벼운 빛 알갱이
입질의 감미로운 감촉

생명의 무게를
온 몸의 전율로 교감하며
줄을 끌어당겼다 늦추었다

희미한 불빛에도
저항의 비늘 번쩍이며
천지를 뒤흔드는 힘이여

호수가 생명기호 하나
짜릿하게 교신해 온다.

     —「8. 시와 시인 4」에서

제철공장 용광로 같은
한 여름의 폭염 속에서
숯불 놓아 풀무질하며
볼 품 없는 원광석을 녹여
찌꺼기 거르고 걷어내며
다시 불에 다려 담금질하며
긴 하루해 저물어 갈 무렵
드디어 외씨같이 생긴
정금 알갱이하나 건져내는
장인의 핏빛 땀방울이여
거룩한 생명의 결실이여

     —「9. 시와 시인 5」 전문

   「8. 시와 시인 4」는 새벽안개 낀 호수에서 작은 호롱불 하나 거룻배에 걸쳐놓고 긴 낚시 줄 하나 던지는 어부를 상황적 배경으로 설정하고 있으며, 「9. 시와 시인 5」는 '제철공장 용광로 같은' 한 여름의 폭염 속에서 "숯불 놓아 풀무질하며/ 볼 품 없는 원광석을 녹여" 담금질하는 시적 상황을 설정하고 있다. 따라서 '낚시 줄에 실려 오는/ 가벼운 빛 알갱이'와 호수가 짜릿하게 교신해 오는 '생명기호 하나'라든지, 수차례의 담금질 뒤에 얻게 되는 '외씨같이 생긴 정금 알갱이 하나'는 한 편의 시를 창작하는 기다림과 인고의 과정을 상징한다. 김일수 시인의 시관詩觀과 작시법을 잘 드러내 보여준 작품이라고 할 수 있다.

3.
이미 처음에서 인용한 「1. 계곡」이란 시작품의 독서에서 살펴보았듯이, 김일수 시인의 시세계에서 가장 주목할 수 있는 것은 광활한 시어의 선택과 개성적인 이미지의 조형이다. 이 같은 그의 시적 능력은 어디에서 오는가. 그것은 순환하는 자연에 대한 경이감과 생명에의 존엄성을 항상 시의 뿌리에 담고자 하는 주제의식에서 기인한다. 김일수 시인의 시작품이 지니고 있는 그러한 시적 특징이 가장 잘 배어있는 우수작으로는 「83. 벼이삭」을 들 수 있다.

가을 햇살의 무게 알알이 입에 물고
숱한 새벽과 저녁, 달과 별의 마음도
곱게 빚어 간직한 채
장엄히 고개 숙인 벼이삭

이른 봄부터 풍파 많은 광야를
또 시련의 세월을
묵묵히 참아 견디어 온 것은
한 톨의 영근 생명을 잉태하기 위함이니

찌는 삼복더위에도
옷고름 하나 흩트리지 않고

한결같은 정성으로 숨결모아
생의 절정을 향해 곧게 달려 온 너,

소슬바람 부는 계절의 문턱에서
깊은 속내 가슴에 묻어두고
진종일 누굴 기다리며
또 무얼 그리 골똘히 생각하느뇨?

벌거벗은 생명들의 밝은 웃음을 위해
내실內實의 곳간마저
몽땅 내어줄 심산으로
이제는 다 털고 다 내려놓고
가을걷이를 기다리는 벼이삭

　　─「83. 벼이삭」전문

　'벼이삭'이라는 제재에 이토록 다양한 소재와 의미들을 결합시켜 새롭고 놀라운 내용을 재창조해내고 있다. 이것은 곧 김일수 시인의 서정이 그만큼 섬세한 매듭짓기의　능력을 지녔다는 증거일 것이다.
　1연과 5연은 가을걷이를 기다리는 벼이삭을 묘사하고 있다. 중간의 2연 (봄), 3연(여름), 4연(가을)은 계절의 흐름에 따라 영글어가는 벼의 과정을 그려내고 있다. 특히 2연에서는 '풍파 많은 광야'와 '시련의 세월'을 봄의 벼로 묘사하고 있다. '한 톨의 영근 생명을 잉태하기' 위하여 풍파와 시련을 묵묵히 참고 견뎌온 벼의 모습을 그리고 있는 것이다.
　5연은 이 시의 주제를 상징적으로 형상하고 있다. '벌거벗은 생명들의 밝은 웃음을 위해'라는 첫 행은, 이 시의 주제가 단지 '장엄히 고개 숙인 벼이삭'의 시적 표현에 그치지 않는다는 것을 충분히 암시해준다. '벌거벗은 생명'의 함축된 의미는 매우 다양하게 헤아릴 수 있을 것이다. 이 땅위에 소외받는 자들, 병들고 아파하는 자들, 변두리에서 언제나 눈치 보며 숨죽이고 사는 사람들, 특히 웃음을 잃어버린 사람들을 헤아릴 수 있을 것이다.

시적 화자는 바로 이 '벼이삭'을 통해 그들을 향한 사랑을 상징적으로 표현하고 있다. 따라서 '내실의 곳간/ 몽땅 내어줄 심산'은 벼이삭의 심산이면서 동시에 시적 화자의 심산으로 다가온다.

> 밤을 깎으면서
> 알밤 한 톨에 묻어있는
> 지식의 코드를 읽을 수 있었다
> 지고한 가치를 보존하기 위해
> 초록빛 철책선이 녹슬어 해지기까지
> 무두질 잘된 쇠가죽 같은 방패에다
> 또 떫디떫은 화생방 보호막
> 그 안에 가득한 질감 좋은 육질
> 순정한 자양분에 겹겹으로 둘러싸인
> 생명의 씨눈
>
> —「35. 알밤 한 톨」에서

위의 작품에서도 「83. 벼이삭」에서 확인할 수 있었던 서정과 인식을 그대로 체감할 수 있다.

밤을 깎으면서 "알밤 한 톨에 묻어있는/ 지식의 코드를 읽을 수 있었다"라는 인식은 얼마나 섬세한 서정과의 만남인가. 또한 '초록색 철책선', '무두질 잘된 쇠가죽 같은 방패', '떫디떫은 화생방 보호막' 등과 같은 비유적 표현에서 우리는 남북 분단의 현실을 담고자 한 시인의 의도를 감지할 수 있다. 따라서 "그 안에 가득한 질감 좋은 육질/ 순정한 자양분에 겹겹으로 둘러싸인/ 생명의 씨눈"은 알밤의 육질과 씨눈이면서 동시에 분단의 현실 속에 살고 있는 순박한 우리 백성들을 상징적으로 드러내고 있음을 알 수 있다.

4.
김일수 시인의 시작품을 읽다보면 여러 편의 기행시紀行詩들을 만날

수 있다.

> 난생처음 노고단에서 낙조를 맛볼 셈이었다.
> 하지만 어디선가 꽃샘바람 황급히 달려와
> 서쪽 하늘에 먹구름 무섭게 불러일으키더니
> 온 천지에 돈 봄기운도 바짝 얼어붙었다.
> 여기까지 좇아와서 분탕을 치고 갈게 뭐람
> 웬 심술인가 싶어 심기가 여간 불편했더니
> 저물녘 산허리에 걸린 샛별이 귀띔해 주었다.
> 늘 한 쪽으로만 치우진 생각 곧게 펴 주려고
> 모자까지 날려 보낸 내 골통 힘껏 쳤나보다
> 세상의 지식을 좇아 뇌리에 꽉 박힌 편견들
> 털고 바로 잡으려 비상한 입김까지 불어넣어
> 마음 한구석에 불 밝히고 환히 비쳐 주려고
> 아, 실존의 뿌리까지 그렇게 흔들었나보다

— 「100. 지리산 노고단의 꽃샘바람」 전문

　　우리가 흔히 접할 수 있는 그간의 많은 기행시들이 여행의 과정이나 체험을 단지 서정적으로 묘사하는 데 그친 경우가 많다. 그러나 산문으로 쓰는 기행문과는 달리 기행시에서는 여행의 장소나 대상은 어디까지나 시의 제재에 머물러야 한다. 제재를 넘어 시의 주체나 주제의 자리에 놓여 독자에게 정보를 제공하는 기능을 갖는다면, 그것은 이미 시라기보다는 답사보고서나 체험기 정도가 될 것이다.

　　위에 인용한 「100. 지리산 노고단의 꽃샘바람」은 그 제목에서부터 평자의 우려를 충분히 불식시켜준다. '지리산 노고단'에 초점이 맞춰지기보다는 그곳에서 만난 '꽃샘바람'이 작품의 진짜 제재로 등장하고 있다. 이 생각은 이 작품을 독서해 가는 과정에서 더욱 강해진다. 그것도 "난생처음 노고단에서 낙조를 맛볼 셈이었다."에서 알 수 있듯이 시적 화자는 노고단의 낙조를 보기 위해 지리산에 오른 것이다. 거기에서 황급히 달려와 '모자까지 날려 보낸' '꽃샘바람'을 만난 것이며, 마침내 이 작품의 주된 제재가 된 것이다.

시적 화자는 꽃샘바람 때문에 심기까지 불편했는데, "저물녘 산허리에 걸린 샛별이 귀띔해 준" 소리를 듣는다. 그 내용이 이 작품의 후반부에 표현되고 있다. 즉, "늘 한 쪽으로만 치우친 생각 곧게 펴 주려고", "세상의 지식을 좇아 뇌리에 꽉 박힌 편견들/ 털고 바로 잡으려 비상한 입김까지 불어넣어/ 마음 한구석에 불 밝히고 환히 비쳐 주려고" 꽃샘바람이 갑자기 불어와 모자까지 날려 보내고 "내 골통을 힘껏 쳤나보다"고 묘사하고 있다. 그만큼 이 작품의 정서는 지리산 노고단의 기행을 떠나 그곳에서 뜻밖에 마주친 꽃샘바람을 통해 자각된 서정과 인식으로 형상되고 있다.

> 음계를 따라 송신하는 자연의 음파
> 잘 생긴 짐승의 몸매를 쏙 빼 닮았다
> 아무도 없는 거기 고요만이 흐르고
> 고요 속에 수신되는 먼 별나라의 신호
> 내 안에 아직 낯선 상대인 그가
> 말문을 트고 은밀한 신호를 보낸다.
> 일생에 한번 교신되는 영혼의 소리
> 보이는 것만 보고 들리는 것만 듣던
> 일상에 찌들어 아주 범속해진 나에게
> 또 하나의 나는 이제 자유인이 된 듯
> 여남은 일들이 별 볼일 없어 보인다.
> 은밀한 교신도 이젠 필요가 없을 듯
>
> ―「92. 백두산천지를 오르며」에서

> 글벗들이 온통 최판서의 고택에
> 정신을 팔고 있는 사이, 나는
> 꽃샘바람 이는 옛 뜰에 옹송그린 채
> 아직 피지 않은 한 그루 매화떨기에서
> 맺힌 눈물 금방 토할 듯 탱탱하게 괸,

마치 다 피지 않은 채 그냥 떨어질 듯한
고아한 자태의 매화 한 송이를 만났다.
서방님의 봄볕 같은 꿈을 흡족히 받아
한때는 풍요로운 문전옥답 같더니
이젠 열매 맺기 어려운 박토가 되어
별당에 고운 새아씨 들여 놓았으니
신첩에게 쏟았던 사랑만큼 아낌없이
별당새아씨한테 쏟으시라고
묵향 그윽한 사랑채에 다소곳이 들러
애잔한 이별 고하는 안방마님 같은........

　　　　　— 「99. 평사리 최판서 고택에서」 전문

　위의 두 작품 역시 앞의 「100. 지리산 노고단의 꽃샘바람」에서 보여준 김일수 시인의 기행시가 지니는 특징을 그대로 살려내고 있다. '백두산천지' 가 주체가 되거나 답사의 여정이 제재가 되지 않고, 그곳에서 문득 마주친 "음계를 따라 송신하는 자연의 음파"에 초점이 맞춰져 있다. 결국 「92. 백두산천지를 오르며」의 중심제재는 곧 "고요 속에 수신되는 먼 별나라의 신호/ 내 안에 아직 낯선 상대인 그가" 말문을 트고 은밀하게 보내는 신호인 것이다. 백두산천지에서 시적 화자가 만난 그 신호의 실체가 무엇인지, '일생에 한번 교신되는 영혼의 소리'가 무엇인지 구체적으로 제시되고 있지는 않다. 그러나 뒷부분의 "보이는 것만 보고 들리는 것만 듣던/ 일상에 찌들어 아주 범속해진 나"라는 표현에서 짐작할 수 있듯이 성찰이나 자성自省의 목소리와 연결된 소리임에는 분명하다. 이를 통해 화자는 비로소 '자유인' 이 되고 있는 것이다.
　「99. 평사리 최판서 고택에서」라는 작품도 제목에서 나타나듯이 '평사리 최판서 고택'을 기행한 시임을 알 수 있다. 그러나 이 작품도 김일수의 여타 기행시처럼 장소나 대상에 초점을 맞추지는 않고 있다. 시의 첫 부분에 나타나고 있듯이 다른 객들이 모두 최판서의 고택에 정신을 팔고 있는 사이, 시인은 '마치 다 피지 않은 채 그냥 떨어질 듯한/ 고아한 자태의 매화

한 송이'를 만나고 있다. 이 매화 한 송이에 집중한 시인의 서정과 인식은 '별당에 고운 새아씨 들여 놓은' 안방마님을 재구성해내고 있는 것이다. 따라서 매화 한 송이에서 발견해내는 '묵향 그윽한 사랑채에 다소곳이 들러/ 애잔한 이별 고하는 안방마님'은 제재에 역사의 생명을 부여해 그것을 현재화시켜 오늘의 의미로 부활시키는 시적 능력을 보여준 예라고 할 수 있다.

5.
지금까지 김일수 시인의 시작품을 몇 가지 특징으로 나누어 살펴왔다. 그의 작품들을 일관하는 가장 두드러진 장점이자 특질은 곧, 시어가 지니는 무한한 에너지와 탄력, 상투적이거나 갇힌 이미지보다는 개성적이고 참신한 이미지의 조형, 그리고 제재에 대한 서정의 무한 자유와 창조적 인식 등이었다. 게다가 그의 시작품의 뿌리에는 언제나 순환하는 자연에 대한 경이감과 생명에의 존엄성이 깊이 담겨있었다.

평소에 중견작가나 중견시인, 심지어 원로작가나 원로시인이란 호칭에 강한 거부감을 갖고 있다. 그것은 단지 등단 시기나 세상적인 나이를 기준으로 구분하기 때문이다. 작가는 영원히 신인이어야 한다. 아니 그럴 수밖에 없다. 아무리 많은 작품을 써온 노작가라고 하더라도 그가 남긴 개개의 작품은 이 세상에 오직 하나이고 한 번뿐인 신작이기 때문이다.

형법학자 김일수 교수의 말대로 법은 규칙을 지키지 않는 사람들 때문에 만들어진 것이다. 시인 김일수는 이제 완전한 자유인으로 다시 태어나 '유년의 안뜰'로 돌아왔다. 그곳에는 분명 영원히 마르지 않는 샘물이 있을 것이다. 그 물로 자신의 목을 축이기도 하겠지만, 목마른 사람들이나 세상에 물방울을 적셔주는 소임을 다할 것이라고 믿는다. 그것이 곧 시인에게 주어진 책무일 테니까. 그의 서정과 인식이 무한 시간과 공간에서 더 높이 더 멀리 더 깊이 자유로운 비상을 꿈꿀 수 있기를 기대한다. ***

너와 나 사이

2020년 5월 18일 인쇄
2020년 5월 25일 발행

지은이   김 일 수
펴낸이   백 성 대
펴낸곳   도서출판 노 문 사

주 소   서울 중구 마른내로 72(인현동)
등 록   2001년 3월 19일 제2-3286호
이메일   nomunsa@hanmail.net

전 화   (02) 2264-3311, 3312
팩 스   (02) 2264-3313

ISBN   979-11-86648-29-2